BERTINA HENRICHS | Ein Garten am Meer

*Über den Roman*

Marthe Simonet liebt ihr Küstendorf in der Bretagne. Hier hat sie mit ihrem Mann, einem Arzt, gelebt und die Kinder großgezogen. Hier möchte sie ihren Lebensabend verbringen. Doch als das geruhsame Dorf einem Freizeitpark Platz machen soll, formiert sich unter den Bewohnern Widerstand. Mit dabei: Hans von Scharnbeck, ein wortkarger Deutscher, der auf einem Segelboot lebt. Im Gegensatz zu Marthe ist er alles andere als ein Anhänger friedlichen Protests. Trotzdem fühlt sich sie zu ihm hingezogen. Beide hätten nie gedacht, dass das Leben noch einmal eine derart große Aufgabe für sie bereithalten würde. Denn offenbar sind nur sie bereit, für ihre Zukunft zu kämpfen.

*»Ein wunderschöner Roman, der vom ersten Satz an fesselnd ist und ein lebensbejahendes, feines Ende bietet.«*

Lübecker Nachrichten

BERTINA HENRICHS

# *Ein Garten am Meer*

Roman

Aus dem Französischen von
Claudia Steinitz

Diana Verlag

FSC
www.fsc.org
MIX
Papier aus verantwortungsvollen Quellen
FSC® C014496

Verlagsgruppe Random House FSC-DEU-0100
Das für dieses Buch verwendete
FSC®-zertifizierte Papier *Holmen Book Cream*
liefert Holmen Paper Hallstavik, Schweden.

Taschenbucherstausgabe 03/2013

Umschlaggestaltung | t.mutzenbach design, München
unter Verwendung der Originalcovergestaltung von Katrin Steigenberger
Umschlagmotiv | © plainpicture/DesignPics
Satz | Greiner & Reichel, Köln
Druck und Bindung | GGP Media GmbH, Pößneck
Printed in Germany 2013
ISBN 978-3-453-35653-5

www.diana-verlag.de

# Ein Garten am Meer

# 1

Ort der Ankunft und des Abschieds. Äußerster Zipfel Frankreichs. Seit Urzeiten berühren sich hier der Atlantik und die Bretagne. Spiegel und Spiel, ewiger Wechsel zwischen Abwehr und Anziehung. Die heulenden, salzigen Winde fegen ohne Unterschied über Meer und Felsen, Fels und Meer. Hier ist der Körper nur ein Element unter vielen. Hindernis für die Brise und den Sonnenstrahl, Wärmequell, Lebensquell. Winzig ist der Mensch, der auf der Steilküste steht und die endlose Weite der Wellen schaut. Ein Klima, das einem die Gedanken zurechtrückt. Der ideale Ort, um die Sterne zu betrachten, die alles in die richtige Perspektive setzen: die Geschichte eines Lebens – ein Augenzwinkern. Ein Kummer – dreimal nichts.

Das Dorf Plouerbec an der Küste des Morbihan mit seinem ständig wechselnden Himmel und dem dramatischen Licht verströmt einen altmodischen Charme. Der bald tosende, bald verspielte Atlantik gibt der kleinen Stadt ihr ständig wechselndes Gesicht, wie ein Schauspieler, der über solch einen Facettenreichtum verfügt, dass man ihn von der einen zur anderen Rolle kaum wiedererkennt. Viele Maler finden hier Inspiration und Trost. Fieberhaft versuchen sie das grandiose Lichterspiel auf der Leinwand festzuhalten, ehe ein Moment von anderen, ebenso atemberaubenden, ebenso vergänglichen abgelöst wird. Der Pinselstrich gegen die Zeit, die Wolken, die Gezeiten, den Nebel und die Nacht.

Bei normalem Wetter war die grüne, felsige, wilde und doch anziehende Küste von der Straße aus zu sehen, heute aber ahnte man kaum ein paar verschwommene Umrisse.

In der Nacht hatte der Wind gedreht. Dicke Schauerwolken bedeckten den Himmel. Feiner Regen peitschte die Spaziergänger und brachte die Fahrradfahrer, die sich unvorsichtig auf den Küstenweg gewagt hatten, ins Wanken. Der lang ersehnte Frühlingsauftakt erwies sich als Enttäuschung.

Marthe Simonet stieg an der Endhaltestelle aus dem Bus und war schon bald nass bis auf die Knochen. Obendrein verfing sich ein Windstoß in ihrem Regenschirm, wollte ihn ihr ein paar Sekunden lang streitig machen, stülpte ihn dann mit einem kurzen, trockenen Geräusch um. Ihre frisch gelegte Dauerwelle kapitulierte umgehend vor dem Wasserschwall und verwandelte sich in wilde nasse Löckchen.

Marthes Erziehung verbot ihr das Fluchen, sie begnügte sich mit einem lauten, gereizten Seufzer. An manchen Tagen sollte man besser im Bett bleiben, dachte sie ganz kurz, aber in Wahrheit hätte sie sich eine solche Faulheit nie gestattet. Nicht, dass sie vor Arbeit erstickte, sie war seit einigen Monaten pensioniert, aber das gehörte sich einfach nicht. Wenn man erst einmal einen Tag im Bett bleibt und dann zwei, sieht man am Ende gar keinen Grund mehr, aufzustehen. Und das ist das Ende. Man muss aufstehen, ohne sich zu fragen, wozu diese Überwindung gut ist, aufstehen, weil die Regel vorschreibt, dass man sich am Morgen erhebt und seine täglichen Pflichten verrichtet, so gering sie auch sein mögen. Die Disziplin besteht darin, sich nicht zu viele Fragen nach dem Warum zu stellen. Natürlich glaubte Marthe an Gott, vernünftig, ohne Übertreibung. Weil das aber nicht ausgereicht hätte, um sie durch die Tage zu führen, glaubte sie auch an die schlichte Ordnung der

Dinge, an »ein Schritt nach dem anderen«, an »wer A sagt, muss auch B sagen«. Solche Regeln waren Marthe von ihrer Großmutter Elisabeth und ihrer Mutter Jeanne eingetrichtert worden.

Trotz der ruinierten Frisur lächelte Marthe kurz, als sie an ihre Großmutter dachte, eine Grande Dame, in ein Korsett gezwängt, von dem sie erst am Tag ihres Todes, dem 1. April 1962, erlöst wurde. Da fingen die anderen Frauen gerade an, Miniröcke zu tragen. Marthe war damals vierundzwanzig und kurz vor der Hochzeit. Ihre Mutter rief sie herbei, und sie beeilte sich, um der geliebten Großmutter bei ihrem letzten Seufzer zur Seite zu stehen. Elisabeths letztes Wort war »Eichhörnchen«, der Kosename, den sie ihrer Enkelin gegeben hatte, die als kleines Mädchen mit erstaunlicher Geschicklichkeit auf jeden Baum geklettert war. Natürlich kletterte Marthe schon lange nicht mehr, der Spitzname aber war geblieben und wurde erst von jenem Tag an nicht mehr genannt, als sie ans Bett trat, um der Großmutter einen letzten Kuss zu geben.

Nun, da sie selbst schon in den Sechzigern war, hätte sie sich gefreut – nicht, wenn man sie noch so genannt hätte, das wäre wohl etwas lächerlich gewesen, aber wenn sich noch jemand an den Spitznamen erinnern würde. Das war natürlich unmöglich. Das Unverrückbare, dem man mit Mut und Gelassenheit begegnete. Wenn man eine Dame war. Und Marthe war ganz gewiss eine Dame. Man hatte sie zur Dame gemacht.

Deshalb war ihr Kalender gefüllt mit vernünftigen Terminen, einzuhaltenden Fristen und regelmäßigen Besuchen. Mit all den Dingen, die man erledigen musste, ohne zu verzagen. An diesem windigen und verregneten Nachmittag eilte sie zu einem dieser Termine, denn es war Mittwoch, und jeden Mittwoch opferte sie zwei Stunden ihrer Zeit, um Kindern mit Lernschwierigkeiten zu helfen.

Die Nachhilfe fand in einem etwas heruntergekommenen Raum statt, den die Kirchgemeinde den Schülern zur Verfügung stellte und den sie mit vereinten Kräften verschönert hatten. Ein großer blauer Wal, der das Maul aufriss, um Jona zu verschlingen, zierte die hintere Wand und wurde von einem Krokodil verfolgt, das keine biblische Rechtfertigung hatte, sondern aus reinem Vergnügen da war, erfunden vom kleinen Matteo, der in der fünften Klasse besser zeichnen als schreiben konnte – zum großen Verdruss seines Vaters.

Die gegenüberliegende Wand diente als Untergrund für einen prächtigen Garten mit riesigen Blumen in allen Farben, um deren Stiele sich fröhlich grüne Lianen wanden. Jemand hatte sich an einem Affen versucht, der trotz des langen, roten Fells eher der Vorstellung glich, die man sich gemeinhin von einem Yeti macht.

Marthe lächelte. Wie üblich übertrat sie als Erste die Schwelle des kleinen Raums. Sie stellte ihre Tasche auf einen der Schultische und hängte den durchnässten Mantel an einen metallenen Kleiderständer, wo er weitertropfte, bis sich auf dem Linoleum eine kleine Pfütze bildete. Noch war hier alles ruhig. Doch die Stille würde jäh durch die Ankunft der Schüler unterbrochen werden, die jedes Mal wie eine heftige Welle hereinströmten. Sie hätte nicht zu erklären gewusst, warum, aber sie liebte diesen Moment vorher, diesen ruhigen Augenblick, der schon von der Spannung dessen erfüllt war, was folgen würde. Martha versuchte immer, winzige Zeitfäden zu erhaschen, festzuhalten, gewissermaßen Zeitwinzigkeiten. Die dünne Grenze zwischen dem Nichtexistenten und dem schon Feststehenden. Diese zarte Membran, die den beruhigenden, sich stetig wiederholenden Alltag vom Unvorhersehbaren trennt. Das winzige Fragment des Möglichen, der überraschenden Wendung. Die kaum wahrnehmbare Bresche, in die sich das Abenteuer hätte stürzen können.

Als Marthe die jungen Stimmen hörte, zuckte sie wie jedes Mal kaum wahrnehmbar zusammen. Das Warten war zu Ende. In drei Sekunden würde die Wirklichkeit wieder von ihr Besitz ergreifen. Würde sie nicht mehr innere Spannung, banges Lauschen sein, sondern Marthe Simonet, gekommen, um zu helfen, ihre Zeit zu opfern.

Als Erstes erschien Amandine. Oder vielmehr ihr kleiner Kopf, dem Körper etwas voraus, der beim Eintreten zu zögern schien. War es wirklich nötig? Wäre man nicht besser zu Hause geblieben, um Lehrerin zu spielen?

Sie ist noch ziemlich jung, um schon Probleme in der Schule zu haben, dachte Marthe. Eigentlich hatte sie auch noch keine, aber sie würde womöglich eines Tages Probleme bekommen, deshalb hatte die Lehrerin sie vorsichtshalber schon zu Marthe geschickt. Marthe war nicht dieser Meinung. Aber was konnte sie tun? Wenn man einem Kind mit Schulversagen drohte, zerstörte man von vornherein sein Selbstvertrauen, anstatt es sich entwickeln zu lassen und dem Kind zu sagen, es sei stark, es werde alles sicher sehr gut schaffen. Es sei die Mühe wert, dass man sein Spezialgebiet ausfindig mache, den Bereich, wo es unwiderstehlich, einzigartig sein werde. Aber darüber entschied nicht Marthe. Solange sie zurückdenken konnte, war selten sie es gewesen, die entschied, fiel ihr auf, und sie war etwas überrascht von dieser plötzlichen Einsicht.

Marthe ging rasch auf die schüchterne Kleine zu, nahm sie herzlich in die Arme und half ihr so, die Schwelle zu überwinden, auch wenn durch diese Umarmung Marthes

Pullover nass wurde. Amandine lächelte, machte die entscheidenden Schritte, die sie von ihrem Platz trennten, zog den Mantel aus und setzte sich, die Augen auf Marthe gerichtet. Nacheinander folgten ihr die anderen Kinder. Die beiden jungen ehrenamtlichen Helfer, die dem Regen getrotzt hatten, um ihre Verpflichtung einzuhalten, kamen ebenfalls herein. Marthe begrüßte alle. Die Kinder zogen ihre feuchten Jacken aus und legten sie über die Heizungen. Sie öffneten ihre Schultaschen, holten die Hefte und die Hausaufgaben heraus, seltsame Kontrollfragen, die sie an den Abgrund der Ratlosigkeit brachten. Der Anfang war gemacht. Nun musste Marthe die Hoffnung erfüllen, die die Kinder in sie setzten. Dieses beinahe hingebungsvolle Vertrauen, das sie jedes Mal, wenn sie herkam, liebte und gleichzeitig fürchtete. Von dem Moment an, da sie sich über die erste Aufgabe beugte, würde die Zeit bewusstlos ablaufen. Sie war zur Tat geschritten, die sich nicht messen ließ. Ohne Blick für das Verstreichen der Minuten. Nur die Kinder schielten manchmal nach der Uhr, fragten sich, ob sie womöglich nachging, wagten jedoch nicht, auf eine solche Unregelmäßigkeit hinzuweisen, aus Angst, man werde mit ihnen schimpfen. Ohne ein Wort mitreden zu dürfen, unterwarfen sie sich dem Tagesablauf, den die Großen für sie geplant hatten. Vertrauensvoll, aber nicht begeistert. Wahrscheinlich dachten sie, erwachsen zu sein heiße, nach Belieben über seine Zeit zu verfügen. Der Spielraum blieb jedoch unendlich klein. Sie werden noch früh genug entdecken, dass niemand für sich beanspruchen kann, über die Zeit zu herrschen, dachte Marthe, als sie einen dieser verstohlenen Blicke auf ihre Uhr auffing. Mit aller Kraft versuchte sie sich auf ein mathematisches Problem zu konzentrieren, das sie mit Mühe durchschaute.

# 2

Während Marthe mit einem nach feuchter Kreide riechenden Schwamm den Tisch abwischte, den ein Frechdachs mit seinem Heft verwechselt hatte, kam Amandine zu ihr.

»Mama hat dein Kleid fertig.«

Marthe hatte Amandines Mutter, die in einem winzigen Laden im Stadtzentrum eine Änderungsschneiderei führte, ein Kleid zum Umarbeiten gegeben. Eigentlich brauchte Marthe dieses schwarze Cocktailkleid, das sie drei Wochen zuvor bei einem kurzen Aufenthalt in Paris gekauft hatte, nicht dringend. Es gab in ihrem Leben nur noch selten Anlässe, ein festliches Kleid zu tragen. Aber sie hatte es, wie jede noch so kleine Näharbeit, sofort zu Sylvie getragen, weil sie wusste, dass der Fischerlohn von Amandines Vater nicht ausreichte, um die Familie zu ernähren. Sie lächelte die Kleine an und schlug ihr vor, sie nach Hause zu begleiten.

Amandine zog eilig den Mantel an, und sobald sie auf der Straße waren, schob sie ihre kleine Hand in die von Marthe und begann zu plappern.

»Onkel Eric ist gestern zurückgekommen und hat mir eine wunderschöne Puppe mitgebracht. Ich zeige sie dir, ja?«

Marthe nickte, während sie gegen die Windböen ankämpfte, die an ihrem Mantel zerrten. Amandine war so von der Freude erfüllt, mit Marthe nach Hause gehen zu können, dass sie das schlechte Wetter kaum zu bemerken schien. Sie stürzte sich in eine ausführliche Beschreibung ihres neuen Spielzeugs.

Marthe blieb für einen Moment stehen, setzte der Kleinen die Kapuze auf und zog den Schal um ihren Hals fest. Es war eine mechanische Geste, unzählige Male ausgeführt, als ihre Kinder noch klein genug waren, sich bemuttern zu lassen. Doch inzwischen waren sogar ihre Enkel zu alt für solcherart Zuwendung.

Sie bogen in die Hauptstraße von Plouerbec ein, wo sich die schmalen Fachwerkhäuser, die meist kleine Geschäfte beherbergten, gegenseitig stützten und durch diese Solidarität verhinderten, dass alles zusammenbrach. Spuren von Rost und abblätternde Farbe zeugten von der unablässigen Korrosion durch die salzige Feuchtigkeit. Die Gebäude wurden zwar instand gehalten, aber von dem Klima, das für die Bronchien besser war als für das Baumaterial, stets aufs Neue bedroht und zersetzt. Das unregelmäßige Pflaster forderte von den Fußgängern ständige Aufmerksamkeit, denn man konnte sich den Fuß verstauchen, wenn man auf den Unebenheiten ausrutschte.

Am Ende der Straße, kaum wahrnehmbar im Nebel, erahnte Marthe die breite weiße Fassade des Grand Hôtel direkt am Meer, das seit den fünfziger Jahren nicht mehr modernisiert worden war. Eine Glasfront, die den Blick auf den Atlantik freigab, verlieh dem stets von Zugluft und lautem Stimmengewirr erfüllten Hotelrestaurant einen besonderen Charme. Die besten Zimmer hatten einen kleinen Balkon aus weißem und hellblauem Holz, von dem die Gäste das Kommen und Gehen am Strand mit seinen schmalen, altmodischen Badekabinen beobachten konnten. Ein paar Boote vervollständigten das idyllische Bild des Küstenstreifens, den die Veränderungen des technischen Fortschritts vergessen zu haben schienen.

Amandine rannte jetzt, in Vorfreude auf die letzten Stunden des Tages ohne Verpflichtung, vor Marthe her und zwang sie, schneller zu laufen. Ihr roter Mantel ist wie ein Leuchtfeuer im trüben Grau der Straße, dachte Marthe.

Fünfzig Meter vor dem kleinen Laden von Amandines Mutter traf sie den Deutschen, der zwei Jahre zuvor ein großes Grundstück neben ihrem Garten gekauft hatte. Sie grüßte ihn mit einem kurzen Kopfnicken. Der Mann antwortete ebenso und setzte seinen Weg fort. Marthe hatte nie ein Wort mit ihm gewechselt. Sie kannte ihn nur vom Sehen. Er war groß, unrasiert und fast weißhaarig, etwas älter als sie. Er wohnte auf einem ausgebauten Fischerboot, kam und ging mit den Gezeiten. Die kleine Holzhütte auf seinem Grundstück benutzte er nur, um dort seine Fischfangausrüstung zu entsalzen und Sachen zu lagern. In der Stadt erzählte man sich, er sei ein Sonderling und spreche, wenn er überhaupt einmal den Mund aufmachte, mit starkem Akzent. Niemand wusste, woher er kam und warum er sich sommers wie winters auf seinem Boot aufhielt. Einmal war Marthe aufgefallen, dass er tiefblaue Augen hatte, die mit verwirrender Eindringlichkeit seine Umgebung musterten.

In der kleinen, neonbeleuchteten Schneiderei beugte sich Sylvie Guirinec über ihre Nähmaschine, während im Radio eine Schnulze gespielt wurde. Als Sylvie Marthe sah, legte sie den Stoff aus der Hand und stand auf.

»Oh, Madame Simonet! Ich freue mich, Sie zu sehen. Wie geht es Ihnen?«

»Es geht mir gut, vielen Dank.«

Amandine hatte sich kaum die Zeit genommen, ihrer Mutter einen Kuss auf die Wange zu drücken, da rannte sie schon die kleine Wendeltreppe zum Obergeschoss hinauf, in die Wohnung der Familie Guirinec.

»Darf ich Ihnen eine Tasse Tee anbieten?«

»Ich will Sie nicht stören. Ich bin nur vorbeigekommen, um mein Kleid abzuholen.«

»Sie stören mich nicht«, antwortete Sylvie, während sie den Wasserkocher füllte. »Ganz im Gegenteil, Sie geben mir den Vorwand, eine kleine Pause zu machen.«

»Wenn es so ist, kann ich nicht ablehnen«, sagte Marthe und zog den Mantel aus. Sylvie Guirinec nahm ihn ihr ab und hängte ihn sorgsam auf einen Bügel.

»Was für ein Mistwetter!«

»Ja, wir werden wahrlich nicht verwöhnt«, stimmte Marthe zu. »Mir tut vor allem Ihr Mann leid. Bei solch einem Regen aufs Meer hinauszufahren, ist bestimmt nicht angenehm.«

»Heute Morgen sind sie nicht rausgefahren. Die Brandung war zu stark. Aber wenn er nicht aufs Meer kann, langweilt er sich. Er rennt herum und macht sich Vorwürfe. Deshalb habe ich ihn ins Café zum Kartenspielen geschickt. Es ist mir lieber, wenn er ein bisschen zockt, als wenn er mir den ganzen Tag im Wege steht.«

Sylvie tunkte den Teebeutel in eine mit goldenen Rosen verzierte Tasse und stellte sie vor Marthe hin. Da kam Amandine mit ihrer Puppe unter dem Arm die Treppe heruntergerannt und hielt sie Marthe stolz entgegen.

»Das ist Emma.«

»Die ist aber schön!«

Die Kleine drückte die Puppe zärtlich an sich.

»Amandine, bitte lass Madame Simonet sich ein bisschen ausruhen.«

»Ich bin nicht müde. Seit ich pensioniert bin, habe ich nicht mehr viel zu tun. Wenn das Wetter besser wird, kann Amandine in meinen Garten spielen kommen, wenn sie Lust hat. Ich habe eine Rutsche und eine Schaukel, aber meine Enkel sind nicht so oft da und sie sind allmählich auch etwas zu groß für diese Art Zeitvertreib.«

»Wir wollen Sie nicht belästigen.«

»Nicht doch, ich freue mich darüber. Wirklich.«

Amandine umarmte sie freudestrahlend. In dem Moment kam Yann Guirinec von seiner Partie Belote zurück. Er begrüßte die Frau des Doktors förmlich. Nachdem sie ein paar freundliche Worte gewechselt hatten, nutzte Marthe die Gelegenheit, um sich zu verabschieden.

# 3

Zu Hause hängte Marthe das schwarze Kleid mit seinem Kunststoffüberzug in den Schrank und setzte sich dann in den großen, braunen Ledersessel am Fenster, um das Kreuzworträtsel zu beenden, das sie am Morgen angefangen hatte. Diesen Zeitvertreib, durch den sie wunderbar auf andere Gedanken kam, hatte sie sich ein paar Wochen nach Pauls Tod angewöhnt.

»Madame Simonet! Madame Simoneeet!«

Marthe seufzte. Beim ersten Mal hatte sie so getan, als würde sie die Nachbarin nicht hören. Jetzt aber rief sie so laut, dass man es unmöglich ignorieren konnte. Madame Lambert war eine kräftige Frau um die fünfzig, liebenswürdig, aber mit einem großen Fehler: Sie langweilte sich in ihrem Leben so sehr, dass man schon trübsinnig wurde, wenn man sie nur von weitem sah. Ihr Mann war Ingenieur, er ging morgens früh aus dem Haus und kam erst spätabends zurück. Die Ehe war kinderlos geblieben, und Madame Lambert hatte nie gearbeitet. »Das haben wir nicht nötig«, pflegte sie mit jenem Stolz zu verkünden, der die Neureichen und manchmal auch die weniger neuen Reichen auszeichnet, wenn ihr Kopf leerer ist als ihr Portemonnaie. Ihr Geld war nicht nur die Frucht der Arbeit von Monsieur Lambert. Er hätte sich beim besten Willen niemals die neoklassizistische Villa leisten können, die sie bewohnten und die mit allerhand Komfort von zweifelhaftem Geschmack ausgestattet war. Die Wahrheit, die Madame Lambert zu verbergen suchte, obwohl es die Stare von den Dächern pfiffen, lautete, dass der Reichtum des Paares von den Innereien und Blutwürsten stammte, die der verstorbene Vater von Madame so vorzüglich zubereitet hatte. Die Metzgerei Guillerm, das größte Geschäft am Marktplatz im Nachbardorf, hatte inzwischen einem Supermarkt Platz gemacht. Gwendoline hatte alles getan, um den Gedärmen, dem Schweineblut und dem Schweiß zu entkommen. Als junges Mädchen mit üppigen Formen hatte sie Ludovic Lambert geheiratet, einen kleinen Ingenieur mit Grundgehalt in einem großen Aufzugunternehmen, der hoffte, ihnen eine angemessene Zukunft zu sichern. Nach einigen Besäufnissen und ein paar wütenden Beilhieben in der Stille seines Kühlraums hatte sich Vater Guillerm damit abgefunden und seiner einzigen Tochter eine ansehnliche Mitgift bezahlt, dank der sie im Nachbardorf die große Dame spielen konnte, während er weiterschuftete, bis ihn im Alter von siebzig Jahren eine Grippe hinwegraffte. Ludovic Lambert war die Karriereleiter hinaufgestiegen, ohne je auch nur die Hälfte dessen zu verdienen, was sein Schwiegervater monatlich einnahm. Da sein Stolz darunter litt, genoss er das luxuriöse Anwesen und seine Gemahlin, deren Üppigkeit mit jedem Jahr zunahm, nur selten und verbrachte seine Zeit meistens in dem dunklen Büro, wo er der Chef war.

Madame Lambert hatte also so wenig zu tun, dass sie alle

Folgen von »Schatten der Leidenschaft« nun schon zum dritten Mal sah. Und wenn sie gerade einmal nicht vom Fernsehbildschirm abgelenkt wurde, suchte sie sich eine Beschäftigung am großen Fenster im Salon, das ihr eine ideale Aussicht auf die Straße und eventuelle Zwischenfälle bot, die sich im Leben ihrer Nachbarn ereigneten.

Zu Beginn von Marthe Simonets Witwenzeit hatte Madame Lambert große Freude empfunden, die sie unter einer Maske der Anteilnahme verbarg. Endlich, hatte sie sich gesagt, würde sie eine Gefährtin haben, eine Vertraute, die, niedergeschmettert von Einsamkeit und Kummer, ihre langen Tage teilen würde. Aber zu ihrem großen Erstaunen schien sich Marthe diesem schönen Lebensprojekt zu verweigern. Meistens lehnte sie Gwendolines Einladungen ab, fand fadenscheinige Ausreden, zog sogar die harte Gartenarbeit dem weichen Fransenkanapee ihrer Nachbarin vor.

»Ist jemand zu Hause?« Gwendoline war wirklich hartnäckig.

»Madame Simonet?« Sie muss mich gesehen haben, dachte Marthe. Sie weiß, dass ich da bin und nicht antworte, weil ich keine Lust zum Reden habe. Marthe legte ihr Kreuzworträtsel auf den Tisch und ging zur Tür. Es wäre allzu unhöflich gewesen, nicht zu öffnen.

»Ah, Sie sind da«, sagte Gwendoline Lambert zur Begrüßung.

»Entschuldigen Sie, ich war oben, ich habe Sie nicht gehört.«

Marthe wusste, dass sie sagen musste: »Kommen Sie doch herein. Was kann ich Ihnen anbieten?«

Doch wenn sie erst mal drinnen war, würde die Frau des Ingenieurs nicht mehr gehen, bis er nach Hause kam. Sie würde sich ins Wohnzimmer setzen und bleiben, vom Kaffee über ein kaltes Getränk zum Aperitif übergehen, würde reden, lächeln, die ganze Kraft ihrer Trägheit entfalten. Marthe beschloss, es nicht ertragen zu können, nicht heute, dass sich die Zeit in Nichtigkeiten und Cremeschnitten auflöste.

Sie lächelte leicht, als bitte sie um Vergebung.

»Wollten Sie mir etwas sagen?«

Gwendoline reckte den Hals und spähte hinein, hoffte den Grund für diese Verweigerung der elementarsten Höflichkeit zu entdecken. Gab es einen Gast, den sie nicht hatte kommen sehen? Welche Beschäftigung könnte rechtfertigen, dass man sie so abfertigte? Dass die sonst so höfliche Frau des Doktors einen diplomatischen Zwischenfall riskierte?

Aber sie sah nichts.

»Fühlen Sie sich nicht gut?«, fragte sie voller Hoffnung. Eine Krankheit, ja, eine Krankheit konnte eine Entschuldigung für dieses unglaubliche Verhalten sein. Sie würde die Frau des Doktors pflegen, ihr Medikamente bringen, an ihrem Bett sitzen, bis sie genesen wäre. Sich nützlich machen, unverzichtbar und wohltätig sein.

»Es geht mir gut, danke.« Die Antwort kam schnell, der Traum war zerstört. Marthe Simonet war einfach nur ein undankbares Geschöpf, das ihre, Gwendolines, Freundlichkeit und ihre Selbstlosigkeit nicht zu schätzen wusste.

Du musst sie hereinbitten, flüsterte eine innere Stimme in Marthes Kopf. Denk an deine Großmutter, denk an deine Mutter. Solch ein Benehmen gehört sich nicht. »Das Leben ist kein Freudenfest«, hätte Elisabeth gesagt.

»Oma, warum muss ich immer Sachen tun, die ich nicht mag?«, hatte Marthe einmal naiv gefragt.

»Diese Frage stellt man nicht.« Noch eine. Das Leben war voller Fragen, die man nicht stellte. Aber die Fragen, die man nicht stellte, waren die hartnäckigsten, die Fragen, die sie schon als Zehnjährige gequält hatten, die in den Jahren immer wiedergekommen waren und sie mehr beschäftigten als alle anderen.

»Kommen Sie doch herein. Kann ich Ihnen etwas anbieten?«

Die Wohlerzogenheit hatte über den Wunsch nach Ruhe gesiegt. Triumphierend trat Gwendoline durch die Tür und ging ins Wohnzimmer.

»Haben Sie das hier gelesen?«, fragte sie und schwenkte ein zusammengefaltetes Blatt mit großen Druckbuchstaben auf gelbem Grund.

»Nein. Was ist das?«, fragte Martha mit erzwungenem Interesse.

»Schon wieder ein Brief von *Résiplus*. Die scheinen sich wirklich für unsere Häuser zu interessieren.«

»Ach, das habe ich gleich weggeworfen. Die Immobilienagenten wissen nicht mehr, was sie verkaufen sollen. Deshalb umwerben sie uns ständig.«

»Nein, nein! Ich glaube, diesmal ist es etwas anderes. Sie bieten offenbar einen besonders guten Preis. Die Familie Grosjean hat schon beschlossen zu verkaufen.«

»Und Sie? Haben Sie auch die Absicht zu verkaufen?«, fragte Marthe.

»Nein, natürlich nicht!«, antwortete die Nachbarin empört und benetzte ihre Lippen mit dem Porto, den Marthe ihr gebracht hatte. »Aber ich frage mich, was dahintersteckt …«

# 4

»*Quelle merde!* So 'ne Scheiße! Wie blöd kann man denn sein?«

Hans Scharnbeck fluchte laut, wetterte gegen seine Ungeschicklichkeit in einem wilden Gemisch aus Französisch und Deutsch. Es konnte ihn sowieso nur das Meer hören, und das würde keinen Anstoß nehmen. Brauste es doch selbst beim geringsten Anlass auf und wütete erbarmungslos.

Zwei Tage zuvor hatte sich Hans beim Öffnen eines Hummers, den er gefangen hatte, geschnitten. Das Messer war abgerutscht und ihm in die linke Hand gefahren. Er hatte die Wunde mit Whisky, dem einzigen Desinfektionsmittel an Bord, gereinigt und sie verbunden.

Der ärgerliche Zwischenfall hatte ihn aber nicht daran gehindert, sich seine Meeresfrüchte schmecken zu lassen. Ein Taschenkrebs und zwei Hummer, das war ein guter Fang. Er begoss sein Festessen mit einer Flasche Entre-deux-mers und schaute zu, wie die Sonne den beweglichen Horizont über dem Meer zum Erröten brachte.

Er war gern allein inmitten dieser stürmischen Stille. Ganz zu Anfang, als er das Boot gekauft hatte, war es ihm schwergefallen, auf die Gespräche mit anderen zu verzichten, aber er hatte sich schnell daran gewöhnt. Inzwischen musste er sich zwingen, den Mund aufzumachen, wenn er den Fuß wieder auf festen Boden setzte.

Während er die Wellen betrachtete, die von Minute zu Minute dunkler wurden, hatte er seine Verletzung völlig vergessen, aber jetzt schmerzte sie wieder bei jeder Bewegung. Als er den Verband abgenommen hatte, sah er, dass die Wunde eiterte. Eine elende Schweinerei. Dabei wusste er ja, dass die salzige Feuchtigkeit jede Wunde daran hinderte, zu heilen. Er hätte wirklich besser aufpassen können.

Es war weniger der Schmerz, der ihn so sauer machte, als die Tatsache, dass die Verletzung ihn beim Fischen behinderte, gerade jetzt, da er einen besonders guten Platz für Seebarsche und Makrelen ausgemacht hatte. Aber er würde sich seine Freude nicht durch die Verletzung verderben lassen. Er öffnete sein Medizinschränkchen, legte einen neuen Verband an, den er diesmal etwas fester wickelte, und warf sein Netz aus. Die Wolken spielten Fangen im großen Blau. Der Tag ließ sich gut an. Er würde nicht an Land gehen. Nie mehr an Land zu gehen, das war die größte Versuchung.

## 5

Am windgepeitschten Himmel gaben die Möwen ihr Morgenkonzert. Die Sonne schien, und die Schatten der Äste tanzten auf dem sandigen Boden in Marthes Garten. Es war höchste Zeit, sich um die Bepflanzung zu kümmern. Marthe trank den Kaffee aus, den sie jeden Morgen sorgfältig zubereitete. Paul hatte ihn stark gemocht, und sie hatte sich daran gewöhnt, ihn ebenso zu trinken.

»Der weckt selbst die Toten auf«, hatte sie oft lächelnd gesagt, wenn sie ihrem Mann die erste Tasse hinstellte.

*Der weckt selbst die Toten auf.* Lächerlich! Nichts weckte die Toten auf. Weder die Liebe noch Gebete, noch die Versprechen an den Allmächtigen. Gott lässt nicht mit sich handeln. Marthe hatte schon viele Menschen sterben sehen.

Und nicht nur Angehörige. Krankheit und Tod oder, im besten Fall, die Heilung hatten zu ihrem Alltag gehört. Bei Netten und Unangenehmen, bei Jungen und Alten. Die Sense hatte immer auf unverständliche, brutale, unwiderrufliche Weise ihr Werk getan. So war auch Paul gestorben. So würde sie sterben.

Manchmal hatte sie mit Paul über die Möglichkeit gesprochen, dass einer von ihnen plötzlich gehen musste. Vor allem *sie* hatte darüber geredet, aber Paul hatte sie jedesmal unterbrochen. Das seien Gesprächsthemen von alten Leuten. Er mochte keine Themen von alten Leuten.

»Wir sehen uns sowieso im Jenseits wieder«, hatte er versichert, um diesen Erörterungen ein Ende zu setzen. Marthe hatte ohne Überzeugung genickt. Mit diesen Worten rührte er an die Grenzen ihres Glaubens. Sie war eine praktische Frau, sie musste sich die Dinge vorstellen können. Und wenn sie an die Milliarden Seelen dachte, die das Jenseits bevölkern mussten, verlor sie den Mut. All diese Toten, die seit Urzeiten auf der Suche nach ihren Nächsten umherirrten, die kein menschliches Gesicht mehr hatten, nicht mehr zu erkennen waren. Wie konnte man sich dort finden? Wo war der Treffpunkt in diesem Gedränge? Sie wusste natürlich, dass es albern war, sich schwebende Seelen vorzustellen, aber ihr Glaube war sehr konkret. Jesus in den Armen seiner Mutter, in einem Stall, das war doch wunderbar. Sie kannte Ställe, Ochsen, Schafe, roch förmlich die Tiere und das Stroh. Christus am Kreuz war eine schmerzhafte Vorstellung, aber im Bereich des Denkbaren. Mit der unbefleckten Empfängnis war es schon schwieriger. Aber warum nicht? Nur diese Geschichte mit dem Wiedersehen im Himmel quälte sie, weil sie sie persönlich betraf.

Sie hatte Paul nie etwas davon gesagt. Er wurde schon

etwas schwerhörig. Und sie konnte sich nicht überwinden, jemandem ihre theologischen Fragen über das Jenseits ins Ohr zu schreien. Wenn man Sätze schreien muss, werden sie gleich belanglos. Auch ohne seine Schwerhörigkeit hätte sich Paul bestimmt über sie lustig gemacht.

»Mein armer Schatz«, hätte er gesagt. Er sagte oft »mein armer Schatz«, ohne ersichtlichen Grund. »Du hast vielleicht Probleme. Das ist doch nur eine Vorstellung, verstehst du?« Deshalb hatte sie nie mit Paul darüber gesprochen.

Abgesehen von den organisatorischen Schwierigkeiten war die Vorstellung, die geliebten Wesen in der anderen Welt wiederzufinden, verlockend, das gab sie zu. Vielleicht ließe sich der Kontakt zwischen den ihrer fleischlichen Hülle entledigten Geschöpfen leichter herstellen, und sie würde endlich den Männern und Frauen begegnen, die aus der Ferne in ihrem Leben eine Rolle gespielt hatten. Shakespeare, Molière, John F. Kennedy, Martin Luther King und James Dean, für den Marthe in ihrer Jugend geschwärmt hatte. Ihr war wohl bewusst, dass ihre Liste nicht sehr originell und die Warteschlange vor dem Wohnsitz der großen Verstorbenen lang war. Aber womöglich gab es weder Wohnsitz noch Schlange, nur Geister, die sich streiften, außerhalb der Zeit, Funken des Austauschs.

Der Mensch, den sie am liebsten gefunden hätte, war ein unauffälligeres Wesen. Ein Mann, der im Schatten einer strahlenderen, radikaleren Persönlichkeit gewirkt hatte. Seit sie achtzehn war, nährte sie eine geheime Liebe für den Wegbegleiter von Mahatma Gandhi. Während ihr der Asket unverständlich blieb – er schien den Kult seiner eigenen Heiligkeit zu genießen, obwohl er das abstritt –, hatte sein jüngerer, leibhaftigerer Begleiter sie begeistert. Nehru, der große Erbauer der indischen Demokratie. Der schöne Mann, so vornehm und gleichzeitig menschlich. Sie hatte seine Geschichte mit Lady Edwina Mountbatten immer wahnsinnig romantisch gefunden. Die unmögliche Liebe, an der Kreuzung zweier Welten, eine Brücke schlagend zwischen zwei Menschen, deren Herkunft und Schicksal so unterschiedlich war, erschien ihr wunderbar. Nicht dass sie den Ehebruch guthieß, außereheliche Liebe war sträflich. Doch eine große Liebe war so selten, dass man womöglich Ausnahmen in Erwägung ziehen konnte.

## 6

Braune, dornengespickte Zweige fielen in regelmäßigen Abständen auf den schlammigen Boden. Tschack, tschack, tschack. Ein schräger Schnitt über dem dritten Auge, der dritten Hoffnung auf Ausdehnung, Blüte und Erneuerung. Nackte und zerzauste Stiele sahen zahlreiche Verwandte verschwinden. Der Wind vom Meer ließ sie mit seinen Böen schwankend protestieren. Nein, nein, nein. Dabei wussten sie, dass man verzichten, gehen lassen musste, damit das Wunder geschah. Wussten, dass die Sonne, diese noch kalte, wenig verheißungsvolle Sonne sie in ein paar Tagen erwärmen würde. Einige Rosensträucher wuchsen hier schon seit dreißig Jahren. Sogar bevor Marthe und Paul dieses Haus kauften, zierten sie bereits den Garten. Pierre de Ronsard, Jean Cocteau, Botticelli, Leonardo Da Vinci, Arthur Rimbaud, Alphonse Daudet, Honoré de Balzac und Edith Piaf. Sie hatten andere Lenze kommen sehen, hatten Abschied und Wiederkehr erlebt. Und trotzdem: Nein, nein, nein.

Marthe begann gerade die Black Baccara zu beschneiden, auf die sie besonders stolz war, als das Telefon klingelte. Mit der Schere in der Hand rannte sie zum Haus. Das musste Claire sein. Am Vorabend hatte Marthe den Anruf vergeblich erwartet. Ihre Tochter meldete sich meistens am Mittwochabend. Vielleicht hatte sie Dienst gehabt. Marthe konnte sich nie ihren Dienstplan merken, der sich überdies ständig änderte. Wenn ihre Tochter einmal im Inneren des Krankenhauses verschwunden war, durfte man nicht mehr mit ihr rechnen. Sie wurde förmlich aufgesaugt von dem großen Gebäudekomplex, der ihren Tagesablauf, ihre Stimmung, ihre Freude und ihren Kummer diktierte. Bei Paul war es ebenso gewesen. Die Kranken kamen vor allen anderen. Hatte sie zu diesem unwichtigeren Rest der Menschen gehört? Nein, natürlich nicht. Sie war ein Teil von Paul gewesen.

Das Telefon verstummte genau in dem Moment, als Marthe die Tür des Arbeitszimmers erreichte. Sie seufzte, ging wieder hinaus und atmete tief ein. Die Meeresluft füllte ihre Lungen und brachte eine gehörige Portion Optimismus mit. In diesem Frühjahr würde Marthe neben der Hecke eine Magnolie pflanzen. Ein wunderbarer Vorbote der schönen Jahreszeit. Ihr Duft würde schon im April den Garten erfüllen, ihre großen weißen Blüten würden von weitem zu sehen sein und die Besucher freundlich empfangen.

Sie wurde von Louis Goyat aus ihren idyllischen Träumen gerissen, der in Motorradkleidung der 1940er Jahre und mit einer kleinen ovalen Lederbrille auf seinem knatternden Motorrad vorbeifuhr und zum Gruß die behandschuhte Hand hob. Er hatte offenbar schon wieder ein Problem mit dem Auspuff, denn ihm folgte eine schwarze

Rauchwolke. Er parkte vor einem neuen Einfamilienhaus, das er mit seinen Eltern bewohnte. Obwohl er schon über dreißig war, hatte er das Familiennest noch nicht verlassen, denn sein Lohn und alle Ersparnisse wurden von seiner Leidenschaft für seltene Motorräder verschlungen. Er verbrachte die Wochenenden in Gesellschaft seines beleibten, siebzigjährigen Vaters damit, die Fahrzeuge auf Hochglanz zu polieren. Alle drei Wochen machten die beiden in Lederjacken, die aus derselben Zeit stammten wie ihre Motorräder, einen Ausflug. Sie kamen nie weit, weil die Motorräder nicht schneller als 40 km/h fuhren und meistens eins von beiden schon am frühen Nachmittag den Geist aufgab. Dann kehrten sie auf dem anderen zurück, und Louis machte sich kurz darauf mit dem roten Pickup, auf dessen Ladefläche das kaputte Zweirad gehievt wurde, wieder auf den Weg. Anschließend sah man Vater und Sohn in die Tücken der Mechanik vertieft vor der Garage stehen, und die Sitzungen endeten oft spätabends im Licht der Taschenlampe. Am nächsten Tag fuhr Louis wieder zur Arbeit, um das Geld für ein Ersatzteil zu verdienen, auf dessen Lieferung er oft mehrere Wochen lang ungeduldig wartete. Louis' Mutter war eine kleine, zurückhaltende Frau, die selten ihre Schürze ablegte und an den Abenteuern der Männer nur teilhatte, indem sie sie in regelmäßigen Abständen mit Nahrung versorgte.

Der Lärm der Motoren, die Vater und Sohn röhren ließen, um die Ursache der wiederholten Ausfälle ausfindig zu machen, war die einzige Lärmbelästigung in diesem ruhigen Viertel am Rand der Stadt. Noch zehn Jahre zuvor war das Haus der Simonets, das aus dem 19. Jahrhundert stammte, das einzige Bauwerk dort gewesen. Eben diese Ruhe hatte Marthe und Paul vor dreißig Jahren verführt, das Grundstück zu kaufen. Sie suchten damals ein Landhaus am Meer, damit sich die Kinder in guter Luft aufhalten und baden konnten. Die Nähe des Ortes mit seinen Einkaufsmöglichkeiten war ein weiterer Pluspunkt. Sie hatten sich sofort in das schöne Haus verliebt, und der Kauf wurde an einem Nachmittag beschlossen. Mit wenigen Ausnahmen verbrachten sie hier alle Ferien, und es schien selbstverständlich, dass sie sich ganz in Plouerbec niederlassen würden, sobald Paul das Rentenalter erreicht und seine Praxis in Nantes an einen jungen Kollegen übergeben hatte. Und so geschah es. Marthe, die bis zur Rente noch ein paar Jahre arbeiten musste, fand zufällig eine Stelle in der Praxis des jungen Arztes, der sich gerade im Ort niedergelassen hatte. Sie waren glücklich.

Aber kurze Zeit, nachdem sie ganz dorthin gezogen waren, wurde das Viertel zur Bebauungszone deklariert, einige Fertighäuser entstanden und bildeten eine kleine, moderne Siedlung, die geradewegs aus einem Katalog zu stammen schien. Am Anfang hatten sie geschimpft, doch dann hatten sie sich damit abgefunden. Weniger begüterte Menschen mussten schließlich auch irgendwo leben, warum also nicht hier, auf dem Hügel über dem Atlantik. Paul war kurze Zeit nach dem Bau des vierten Hauses gestorben, und inzwischen hatte sich die Zahl verdoppelt. Die acht orange-rosafarben verputzten Häuser mit Garage ähnelten sich wie ein Ei dem anderen, abgesehen von der Bepflanzung der kleinen Gärten, die sie umgaben. Dazu kam das Haus im Neokolonialstil der Lamberts. Das Einzige, was noch an die unberührte Natur vor der Ankunft der Hausbesitzer erinnerte, war eine große Freifläche am Hang, die sich über zwei Hektar bis hinauf zu dem steinernen bretonischen Kreuz auf der Hügelkuppe erstreckte.

Das vernachlässigte Grundstück reichte bis an Marthes Garten heran, verschwand aber hinter einer üppigen Hecke und einem großen Nussbaum. Es gehörte seit zwei Jahren diesem Deutschen, der dort unregelmäßig auftauchte, ohne sich je auch nur im Geringsten um seine Nachbarschaft zu kümmern.

Hinter der seit zwanzig Jahren brachliegenden Fläche erstreckte sich kilometerweit die Heide. Man musste den Blick also nur in die Ferne richten, um sich in vollkommener Harmonie mit der schönen bretonischen Natur zu befinden, die Martha so gern hatte. Hier lebte sie, hier würde sie sterben.

## 7

Nachdem Marthe ihren Briefkasten geleert hatte, warf sie einen weiteren Brief der Firma *Résiplus* in den Papierkorb. In dem Brief wurde hartnäckig das Kaufangebot für das Haus wiederholt.

»Wenn die Leute nicht verstehen wollen, ist da nichts zu machen«, sagte sie zu sich selbst.

»Ein zögerlicher, wechselhafter Frühling neckt uns mit kurzen Phasen wohltuender Wärme«, schrieb sie kurz darauf an ihren Sohn Aurélien, der in Mali arbeitete. Sie legte Fotos von Claire, ihren Enkelkindern und den ersten Primeln zu dem Brief. Aurélien antwortete immer mit kurzen, hastig auf eine Postkarte gekritzelten Nachrichten, die mehr als eine Woche unterwegs waren und die Marthe sorgfältig aufbewahrte. Marthe hatte schon eine große Sammlung dieser Karten. Jeden Morgen wählte sie eine aus und stellte sie vor sich auf den Tisch, um den Ton für ihren Tag vorzugeben. Fröhliche Kinder mit dunkler Haut, die an einem Fluss spielten, ein Markt mit verlockenden Früchten, schöne Frauen in Boubous mit farbenfrohen Motiven. Das war alles so exotisch, ihrer eigenen Welt so fern! Als ihr Sohn ihr angekündigt hatte, dass er in Mali arbeiten würde, hatte sie sich einen Reiseführer gekauft und auch ansonsten viel über das Land gelesen. Einmal hatte sie ihn besucht. Er hatte sich bemüht, ihr den Aufenthalt angenehm zu gestalten, und hatte sie wie ein echter Hausherr herumgeführt. Marthe fand, dass er glücklich wirkte in dem fernen Land, über das er mit solcher Leidenschaft sprach. Tagsüber ging sie spazieren, sie erfreute sich an der Landschaft und ein paar kurzen Begegnungen mit den Menschen, aber im Grunde hatte sie das Gefühl, Aurélien zur Last zu fallen. Sie war beruhigt und zugleich etwas ratlos zurückgekommen, ohne das unangenehme Gefühl, dass ihr ihr Sohn entglitt, in Worte fassen zu können.

Jetzt schrieb sie weiter, erzählte die belanglosen Ereignisse von Plouerbec, beschrieb die Magnolie, die sie gerade gepflanzt hatte. Auf dem Foto, das sie für ihn gemacht hatte, wirkte die Magnolie nicht so prachtvoll, wie sie es sich gewünscht hätte. Sie fand, dass sie in Wahrheit besser, üppiger aussah. Im Garten spürte man auch ihren süßen, berauschenden Duft, den man nicht mit der Post verschicken konnte. Aber sie legte das Bild trotzdem in den Umschlag, klebte eine schöne Briefmarke darauf und steckte ihn in die Tasche, ehe sie das Haus verließ, um wie jeden Donnerstag und Freitag in die Stadtbücherei zu fahren.

Sie nahm mit dem Fahrrad den Küstenweg, wo der Wind in Böen blies, weshalb sie beim Lenken aufpassen musste.

In der Ferne sah sie das Boot des Deutschen mit blauem Rumpf und weißen Segeln in den Wellen schaukeln.

## 8

In der chaotischen, unsicheren Welt, in der Virginie Abalain aufgewachsen war, waren die literarischen Werke die Leuchttürme und Bojen, die sie vor dem Schiffbruch bewahrten und die sie nicht aus den Augen verlieren durfte. Kaum hatte die junge Bibliothekarin ein Buch ausgelesen und zugeklappt, fing sie das nächste an. Sie hatte sich diesen atemlosen Lektürerhythmus schon als Achtjährige angewöhnt. Die bedruckten Seiten waren ihr fliegender Teppich, der sie in herrliche Welten trug. Außerdem war dieses Wunder, das sich fast bei jedem neuen Text wiederholte, nahezu unendlich. Die geschriebenen Wörter waren wie Dompteure, die die Raubkatzen des Alltags mit ihrer drohenden Peitsche in Schach hielten.

Jedes Jahr bekräftigte die Gemeinde ihre Entscheidung, dass sie zu arm sei, um sich eine richtige Bibliothek leisten zu können. Deshalb musste sich Virginie mit zwei winzigen Räumen in einem Nebengelass des Rathauses zufriedengeben. Die Besucher gingen um das große Gebäude herum und mussten den Kopf einziehen, wenn sie durch die kleine bordeauxrote Tür traten. Zwei von unzähligen Füßen ausgehöhlte Steinstufen führten hinunter in den Tempel des Wissens und der Phantasie.

Wenn jemand kam, hörte Virginie den Kies knirschen und sah durch das kleine Fenster Knöchel und Füße, bevor

Oberkörper und Köpfe auftauchten. Weil die Bibliothek so klein war, gab es nur wenige Besucher, immerhin ein paar Stammgäste, die jedem Wetter trotzten, um Bücher zurückzubringen, neue auszuleihen und ein Schwätzchen zu halten. Diese Getreuen trug Virginie wie ein Schild vor sich her, das sie bei den Gemeinderatssitzungen schwenkte, wenn dort ihrer bescheidenen Einrichtung wieder einmal mit Schließung gedroht wurde.

Obwohl es an Geld fehlte, hatte die Bibliothekarin viel zu tun. Dank regelmäßiger Buchspenden quollen die Regale förmlich über. Es mangelte mehr an Platz als an Büchern. Schwere Kartons stapelten sich in einer Ecke und warteten darauf, dass sich ein freies Regalbrett fand, um ihren Inhalt aufzunehmen. Virginies Arbeitsplatz bestand aus einem Resopaltisch mit einem alten, großen Computer darauf. Beides, Computer und Tisch, waren ein Geschenk der Grundschule, die kürzlich modernisiert worden war und seither über eine ansehnlichere Ausstattung verfügte.

Virginie schien sich an der einfachen Einrichtung nicht zu stören – sie herrschte über ihre kleine Welt, als sei es ein Palast, empfing jeden Besucher mit der gleichen Aufmerksamkeit und beriet ihn gern bei seiner Auswahl.

Marthe machte es Spaß, der jungen, brünetten Frau mit den grünen Augen, die sie seit ihrer frühesten Kindheit kannte, zu helfen. Sie brachte die Leserkartei auf den letzten Stand, während Virginie neue Bücher einarbeitete. So waren sie oft stundenlang beschäftigt, ohne viel zu reden, jede auf ihre Arbeit konzentriert.

Dieser Nachmittag verging ebenfalls so. Nachdem sich Marthe anschließend vor der Bibliothek von Virginie verabschiedet hatte, schwang sie sich auf ihr Fahrrad und fuhr auf den Küstenweg.

Die letzten Sonnenstrahlen durchbrachen die dicken Frühlingswolken und ließen das Meer hier und da rot aufleuchten. Möwen schrien wie keifende Weiber und spielten mit den kräftigen Böen. Marthe nahm die letzte Kurve, sie war mit den Gedanken noch bei den Erlebnissen des Tages, als sich ihr plötzlich ein überraschendes Bild bot. Ein schwarzes Pferd mit langer, gewellter Mähne galoppierte – angetrieben von einem ungestümen Reiter, der in den Steigbügeln stand – über den Strand. Eine Mission von höchster Wichtigkeit, eine Frage von Leben und Tod. Marthe hörte die Hufe auf dem Sand trommeln, dazu das Schnaufen des Pferdes, dann verschwanden Mensch und Tier hinter den Felsen und überließen den Raum wieder den Möwen, die munter weiterschimpften.

# 9

Ein paar Tage später ließ sich die Familie aus Nummer 7 überzeugen, ihr Haus an *Résiplus* zu verkaufen. Madame Lambert war aufgebracht. »Ich kann ja verstehen, dass die Leute an Geld interessiert sind und ihr Lebensniveau steigern wollen, aber das bringt uns ganz schön in Schwierigkeiten, weil wir dann womöglich mit unerträglichen Nachbarn dastehen!« Sie begann ausführlich alle Probleme aufzuzählen, die man mit Nachbarn bekommen konnte: Belästigungen für Ohr, Auge oder Nase, die zu einem unablässigen Krieg führten und die Nerven aufs Äußerste strapazierten.

»Es gibt nämlich Leute, die in ihrem Garten alles Mögliche verbrennen oder den lieben langen Tag grillen. Aber dagegen kann man nichts unternehmen. Schließlich befinden die sich ja auf ihrem Grundstück.«

Marthe nickte. Sie fand zwar oft, dass Gwendoline zur Übertreibung neigte, aber diesmal nahm sie ihre Befürchtungen etwas ernster.

»Wir können auch Glück haben. Vielleicht zieht eine Familie mit netten Kindern ein«, sagte sie.

»Oder mit Teenagern, die Drogen rauchen, wenn die Eltern nicht da sind, und die bis vier Uhr morgens feiern.«

»Gwendoline, Sie waren doch auch mal jung. Haben *Sie* denn Drogen geraucht?« Marthe lachte innerlich über die Fangfrage. Gwendoline schluckte den Köder. »Wie kommen Sie darauf? Ich bitte Sie, Madame Simonet!«, stieß sie hervor.

»Auf jeden Fall haben Veränderungen auch ihr Gutes. Es macht munter. Neue Menschen eröffnen neue Perspektiven.«

Marthe ahnte nicht, wie wahr sie sprach. Am nächsten Tag wurden alle Eigentümer, die ihre Grundstücke nicht verkaufen wollten, zu einer kleinen, informellen Informationsveranstaltung »mit anschließendem gemütlichem Beisammensein« ins Rathaus eingeladen. Der Bürgermeister, Monsieur Guézennec, würde ebenfalls daran teilnehmen.

Marthe spürte, dass die Dinge nun wirklich eine seltsame Wendung nahmen.

# 10

Das Stimmengewirr verstummte, als der Bürgermeister den Ratssaal betrat. Er war gekleidet wie ein Beamter, der sich für eine außergewöhnliche Mission besonders entspannt geben will. Für einen Moment stellte sich Marthe ihn in Socken und Unterhose vor seinem Schrank vor, wie er nach seiner Frau rief, damit sie ihm half, den richtigen Aufzug für ein Klima des Vertrauens und der Nähe zu finden. Als sie ihn so sah, die Krawatte gelockert, die Ärmel des tadellos gebügelten Hemdes einmal umgekrempelt, die Füße in Mokassins anstelle der üblichen schwarzen Halbschuhe, wurde Marthes Befürchtung zur Gewissheit.

Ohne ihren Bürgermeister aus den Augen zu lassen, suchten sich die Gäste eilig einen Platz auf den Klappstühlen, die aus dem Abstellraum geholt und wie für die Vorstellung eines Amateurtheaters im Halbkreis aufgestellt worden waren. In der Mitte stand ein Tisch mit einem pompösen Blumenstrauß.

Unter den Fenstern war aus zwei Brettern und vier Böcken eine lange Tafel improvisiert worden, die roten Tischtücher waren nicht lang genug, um den rustikalen Unterbau zu verstecken. Zwei Karaffen mit einer rötlichen Flüssigkeit, wahrscheinlich Kir, standen an den Enden des Tisches. In Eimern voller Eiswürfel warteten ein paar Flaschen Weißwein. Schalen mit Erdnüssen vervollständigten die Inszenierung eines gemütlichen Beisammenseins.

Marthe kannte fast alle Anwesenden. Gwendoline Lambert und ihr Mann waren selbstverständlich da, dann die Goyats, die Georgets, die Bihannics, Eltern eines achtjährigen Mädchens, Monsieur Maréchal und sein Sohn Victor und die anderen Familien der kleinen Siedlung. Marthe drehte sich um und sah nahe bei der Tür sogar den Deutschen an der Wand lehnen. Er hatte die kräftigen Arme über der Brust verschränkt, die stahlblauen Augen wurden vom Schirm einer Seemannsmütze verborgen.

Was hatte der denn hier verloren? Wieso interessierte ihn diese Versammlung? Er hatte sich doch nie etwas aus seinem Grundstück gemacht. Bestenfalls hatte er ein- oder zweimal das Gestrüpp entfernt, um sich einen Weg zu seiner Hütte zu bahnen, die ebenfalls in einem erbärmlichen Zustand war. Wie üblich machte er sich auch jetzt nicht die Mühe, seine Nachbarn zu begrüßen. Er war ein Vagabund, dem die Menschen, die ihn umgaben, und das Stück Land, das ihm gehörte, völlig gleichgültig waren.

Marthes Gedanken wurden vom Bürgermeister unterbrochen, der schallend auflachte; offenbar hatte Louis Goyat einen Scherz gemacht.

Nachdem Monsieur Guézennec, kürzlich erst wiedergewählt, die Anwesenden mit festem und herzlichem Händedruck begrüßt hatte, setzte er sich an den kleinen Tisch in der Mitte und räusperte sich.

»Liebe Mitbürger, liebe Freunde, zunächst möchte ich Ihnen danken, dass Sie so zahlreich zu unserem Informationsabend erschienen sind. Sie fragen sich gewiss nach dem Grund für diese Einladung. Um Ihre Frage zu beantworten, möchte ich Ihnen drei Gäste vorstellen, die schon viel zum Fortschritt und der Entwicklung unserer Gemeinde beigetragen haben.«

Unter spärlichem Beifall erhoben sich eine Frau und zwei Männer, alle drei um die vierzig, und setzten sich mit bescheidenem Lächeln zu Monsieur Guézennec an den Tisch.

Der erging sich nun in einer weitschweifigen Rede über die wirtschaftliche Entwicklung im Allgemeinen und das Wachstum der Gemeinde im Besonderen. Die Zuhörer direkt vor ihm lauschten mit gespielter Aufmerksamkeit, die anderen untersuchten resigniert ihre Fingernägel und schlugen die Beine bald nach rechts, bald nach links übereinander. Als sich Marthe umsah, fing sie besorgte Blicke auf. Der Deutsche starrte auf einen Punkt am Boden, der ihn außerordentlich zu interessieren schien, aber Marthe spürte, dass er trotz dieser scheinbaren Abwesenheit zuhörte. Hinter ihm ging plötzlich die Tür einen Spalt auf und schloss sich nach wenigen Sekunden lautlos wieder. Die Gattin des Bürgermeisters hatte wohl nachgeschaut, wie sich ihr Mann schlug.

»Deshalb haben wir beschlossen, unsere Tore kühnen und zukunftsweisenden Initiativen zu öffnen.«

Das Publikum applaudierte heftig, in der Hoffnung, die Rede damit zu beenden. Nur der Deutsche rührte sich nicht.

»Unsere Freunde hier« – Monsieur Guézennec wies mit einer weiten Handbewegung auf die drei Personen am Tisch, die ihn anlächelten – »... haben die Ausschreibung für ein neues Projekt gewonnen, und wir gratulieren ihnen herzlich.«

Erneuter Beifall, etwas zögerlicher diesmal.

»Eins der entscheidenden Kriterien für die Auswahl des Projektes war die Schaffung von langfristigen Arbeitsplätzen. Insgesamt wurden zweiundzwanzig Projekte eingereicht. Wir haben mit großem Einsatz eine Vorauswahl getroffen und dabei zahlreiche Faktoren berücksichtigt. Nach einigen Wochen wurde offensichtlich, dass das Projekt von Monsieur Dufour, der die Firma *Résiplus* vertritt ...« – einer der beiden Männer, schon weitgehend kahl und mit einer blauen Hornbrille, verbeugte sich leicht – »… und seinen Mitarbeitern …« – die beiden anderen verstärkten das Lächeln, das bei der langen Rede auf ihren Lippen eingeschlafen war – »… als Sieger hervorging.«

»Wie kommt es, dass niemand von dieser Ausschreibung wusste?«, dröhnte eine Stimme von hinten. Ohne sich umzudrehen, erkannte Marthe den Akzent des Deutschen.

Der Bürgermeister war von dem Einwurf überrascht, ließ sich aber nicht aus dem Konzept bringen.

»Das Verfahren ist absolut vorschriftsmäßig abgelaufen. Die Ausschreibung wurde im Amtsblatt verkündet. Die Baugenehmigung wurde zwei Monate vor Ort ausgehängt.«

»Ich habe nichts gesehen.«

»Hören Sie, Monsieur, ich kenne leider Ihren Namen nicht, Monsieur …?«

»Scharnbeck.«

»… Monsieur Scharnbeck. Ein Notar hat den ordnungsgemäßen Aushang festgestellt. Vielleicht haben Kinder das Schild abgerissen oder verbrannt. Das kommt zuweilen vor.«

»Wer's glaubt, wird selig.«

»Ich wiederhole: Alle Vorschriften wurden strengstens eingehalten.«

Scharnbeck starrte den Bürgermeister durchdringend an, fragte aber nicht weiter.

Was für ein merkwürdiger Mensch, dachte Marthe, hin- und hergerissen zwischen Neugier und Abneigung.

»Es ist wahr, und insofern sind vermutliche Befürchtungen des Herrn berechtigt und verständlich, dass die Umsetzung dieses großartigen Projektes gewisse Opfer verlangt. Opfer, die jedoch großzügig entschädigt werden«, beeilte sich der Bürgermeister hinzuzufügen, als er die besorgten

Mienen der Zuhörer und das lauter werdende Gemurmel wahrnahm. »Ich erteile unserem Architekten Monsieur Martinez das Wort.«

Dieser trat einen Schritt vor und begann, große Pläne auszurollen. Monsieur Martinez war ein stattlicher, brünetter Mann mit Schnurrbart. Marthe sah ein interessiertes Leuchten in den Augen von Sabine Bihannic. Andere Frauen im Publikum richteten sich unmerklich auf und legten den Kopf etwas zur Seite, als er zu reden begann. Sogar die Männer schienen angetan von dem Architekten, der ihnen mit Engagement seine Pläne darlegte.

Marthe folgte der Präsentation leicht abwesend. Die Erklärungen waren lang, die Pläne nicht sehr durchsichtig. Doch der Architekt beschrieb das Projekt begeistert und voller Zuversicht.

»Es handelt sich also um einen riesigen Park mit Bäumen, Blumen, Fontänen und Animation.«

Die Zuhörer nickten beruhigt.

»Es wird ein Freizeitpark, in dem sich Erwachsene und Kinder gemeinsam vergnügen und amüsieren können. Es wird Riesenrutschen, Wasserspiele und Märchenhäuser geben.«

Eine Spur von Skepsis erschien im Gesicht von Monsieur Lambert. Er dachte wohl an den Lärm.

»Wenn ich recht verstehe, wird dieser gigantische Spielplatz –«

»Zwanzig Hektar.«

»… dieser zwanzig Hektar große Spielplatz direkt neben unseren Häusern liegen.«

»Ja«, gab der Bürgermeister zu. »Deshalb haben wir Sie heute Abend eingeladen. Sie haben alle mehrere Briefe der Gesellschaft *Résiplus* bekommen, die Ihnen anbietet, Ihnen

Ihr Grundstück zu einem höchst attraktiven Preis abzukaufen. Einige haben schon davon profitiert. Und ich kann wohl sagen, dass auf diejenigen, die sich noch nicht entschlossen haben, eine schöne Neuigkeit wartet, aber das soll Ihnen Monsieur Dufour verraten.«

»Meine Damen, meine Herren, ich darf Ihnen mitteilen, dass wir dreißig Prozent über dem Marktwert zahlen, wenn Sie uns Ihr Haus innerhalb der nächsten sechzig Tage verkaufen.«

»Sie haben es ja sehr eilig«, stellte Monsieur Lambert fest. »Weshalb sollten wir uns von unseren Häusern trennen? Wir fühlen uns hier doch wohl!« Madame Lambert stieß ihm den Ellbogen in die Seite. Dreißig Prozent über dem Marktwert, das verdiente wohl, unter vier Augen diskutiert zu werden. Man sollte sich nicht so schnell festlegen! Aber Monsieur Lambert gab nicht nach.

»Also, wenn ich recht verstehe, wollen Sie die Allée des Pommiers abreißen?«

»Das wäre die beste Lösung –«, setzte die Dame an, doch sie wurde vom alten Goyat unterbrochen: »Das ist ein Skandal! Eine Schande!«

Dieser Ausruf löste eine Welle allgemeiner Proteste und Empörung aus. Marthe Simonet war sprachlos.

Die Projektverantwortlichen versuchten die aufgebrachten Bürger zu beruhigen.

»Für das Geld, das wir zu zahlen bereit sind, finden Sie viel bessere Häuser. Sie können sich vergrößern, sich einen Swimmingpool leisten, was weiß ich!«

»Aber wir wohnen doch gern in unseren Häusern!«

»Daran zweifle ich nicht, Madame, aber Sie werden sich schnell an ein anderes gewöhnen. Man gewöhnt sich sehr leicht an den Komfort, wissen Sie?«

Plötzlich vernahm man eine feste Stimme: »Ich verkaufe auf keinen Fall.«

Fünfzehn Köpfe drehten sich zu Hans Scharnbeck um.

»Soviel ich weiß, besitzen Sie nur ein Stück Brachland mit einer Hütte, in der Sie gar nicht wohnen.«

»Ab heute wohne ich darin.«

Noch ehe jemand etwas entgegnen konnte, hatte er den Raum verlassen.

## 11

In den nächsten Tagen herrschte große Aufregung. Die Betroffenen diskutierten, palaverten, tuschelten, rechneten, spekulierten. Sie informierten sich, telefonierten, suchten stundenlang im Internet.

Anna, die Tochter der Bihannics, weinte. Sie wollte nicht fort. Jetzt erst recht nicht, wo gleich nebenan ein Freizeitpark eröffnet werden würde. Sie wollte sich amüsieren. Nie waren ihre Eltern mit ihr in den Asterixpark gefahren, nicht mal zur *Foire du Trône*, dem großen Jahrmarkt, als sie im letzten Sommer in Paris gewesen waren.

Auf der Straße diskutierten die Frauen miteinander, die Männer telefonierten mit ihren Cousins, ihren Freunden, ihren Bankiers. Es herrschte eine ausgesprochen aufgeregte Stimmung. Die Goyats hatten nicht die geringste Lust, mit all ihren Motorrädern, den Ersatzteilen und den Werkzeugen umzuziehen.

Monsieur Lambert fühlte sich verraten. Am Tag nach der Versammlung begann er von einem Prozess zu sprechen, und drei Tage später hatte er Kontakt mit einem Anwalt aufgenommen. Er war bereit, sein Leben lang zu schuften, um Gwendolines Lebensstandard zu halten. Er war bereit, sich damit abzufinden, vom Reichtum seines verstorbenen Schwiegervaters erdrückt zu werden. Aber er ertrug es nicht, dass man ihm vorschrieb, wo er zu leben hatte. Das war die Grenze, die man bei Ludovic Lambert nicht überschreiten durfte.

## 12

Am Vormittag war der Schrotthändler gekommen und hatte den großen Berg rostiger Eisenteile aus der Hütte mitgenommen. Jetzt war sie leer. Hans Scharnbeck holte einen Gartenschlauch, schloss ihn an, drehte den Hahn ganz auf und richtete den Strahl ins Innere. Es gab keine andere Möglichkeit, um den Schmutz abzuwaschen, der sich so unauflösbar in den Wänden, dem Boden und der Decke festgesetzt hatte, als wäre er Jahrhunderte alt. Man musste zu radikalen Methoden greifen. Eine schwärzliche Brühe sammelte sich vor seinen Füßen und umspülte die Seemannsstiefel, ehe sie den Hang hinunterlief, wo sie von der Erde gierig aufgesogen wurde. Hans sah auf. Die Sonne lächelte wie ein spielendes Kind hier und da zwischen zwei eiligen Kumuluswolken hervor, die wohl noch am selben Tag bis nach Málaga kommen wollten. Der weite Himmel, der immer in Bewegung blieb, war ein Grund, warum Hans das Grundstück gekauft hatte. Der bretonische Himmel erinnerte ihn an den des Nordens.

Zwei Möwen stritten sich oben auf dem Hügel lauthals um ein Stück Fisch.

Allmählich wurde das Wasser heller. Die Fenster wurden wieder durchsichtiger. Das Holz sah nicht mehr aus wie verkohlt. Man erkannte jetzt seine Maserung, die Streifen, die Ringe.

Gegen Mittag legte Hans den Schlauch beiseite. Er setzte sich auf einen Baumstamm und verschlang gierig die Sardinen, die er am Vortag gefangen und zubereitet hatte.

Nachdem er sich auf diese Weise gestärkt hatte, sammelte er alle nichtverwendbaren Gegenstände aus Holz und stapelte sie hundert Meter vom Haus entfernt auf. Darüber legte er große Äste, zwei Baumstämme, Zweige und Kienäpfel. Dann schob er zusammengeknülltes Zeitungspapier unter die dicken Äste und begutachtete seine Konstruktion. Der Scheiterhaufen war mehr als zwei Meter hoch. Er zog sein Feuerzeug aus massivem Silber, letztes Überbleibsel eines vergänglichen Glanzes, aus der Tasche und zündete den Holzstapel an. Nach zögerndem Knistern streckten die Flammen ihre schnellen Zungen aus, wurden zu Schlangen. Der Turm aus altem, wurmstichigem Holz entzündete sich. Bald prasselte und knallte ein Freudenfeuer. Scharnbeck näherte sich dieser Fackel, die sich wild dem Himmel entgegenreckte, zog die großen Arbeitshandschuhe aus und wärmte seine Hände. Sein Gesicht erstrahlte im lodernden Licht.

# 13

Marthe lief im Haus umher, als müsste sie es mit großen Schritten ausmessen. In eine Richtung, in die andere. Das war ihr Haus. Sie kannte es bis in den letzten Winkel. Und das Haus hatte sie als junge Frau, hatte ihre temperamentvollen Kinder gekannt. Es war ihr Zeuge. All die mit den Jahren angesammelten Dinge erzählten ihr Leben. Das, was sie überdauern würde.

Die Magnolie im Garten war gut angegangen. Die Rosen sprossen. Der blaue Phlox, den Paul so geliebt hatte, wucherte inzwischen über das ganze Beet links vom Eingang, und die Clematis bedeckte die Rückseite des Hauses.

Bald würde sie den ersten Salat ernten können, und Louis Goyat würde ihr helfen, den Tisch und die Stühle aus Teakholz und den Sonnenschirm hinauszutragen. Sie würde die Liegestühle saubermachen und sie, wenn Claire mit den Kindern käme, im Schatten aufklappen.

Trotz der Müdigkeit, die sie in den Beinen spürte, konnte sie sich einfach nicht hinsetzen. Sie blickte hinaus. Durch die Fenster in der oberen Etage konnte man den Ozean sehen. Ein Silberstreif am Horizont.

Nichts würde mehr sein wie zuvor. Es war vorbei mit der Ruhe und dem erfüllten Dasein. Man wollte sie von dem Ort vertreiben, an dem sie verwurzelt war.

Ihr war zum Heulen zumute. Deshalb musste sie immer weiter herumlaufen. Das Laufen bewahrte sie vor dem Ansturm der Gefühle. Nach Pauls Tod war sie gelaufen. Als Aurélien ihr von seiner Absicht erzählt hatte, nach Afrika zu gehen, war sie gelaufen. Diele, Pauls Arbeitszimmer, Wohnzimmer, Esszimmer, Terrasse. Treppe, obere Etage mit den vier Schlafzimmern. Die neue Tapete für das Gästezimmer war bereits ausgesucht. Die Maler sollten in zehn Tagen kommen.

»Das ist eine schlechte Nachricht«, sagte Claire, als sich Marthe endlich entschloss, mit ihr zu sprechen. »Du solltest vielleicht Aurélien anrufen«, schlug sie nach kurzem Schweigen vor.

Marthe stimmte ihr zu. Die Gelegenheiten, bei denen Claire es für richtig hielt, ihren jüngeren Bruder zu informieren oder gar um Rat zu fragen, ließen sich an einer Hand abzählen. Meistens wähnte sie ihn auf einem anderen Stern. Ein Träumer, nicht ganz von dieser Welt. Sie bewunderte seine Opferbereitschaft – wie sie seinen Wunsch nannte, den Ärmsten zu helfen –, aber diese Bewunderung brachte sie einander nicht näher.

»Ja, das ist eine Entscheidung, die wir alle zusammen treffen müssen«, sagte Marthe.

»Ich würde eher sagen, die Entscheidung wurde bereits für uns getroffen.« Claire seufzte. »Wenn die Maschine einmal läuft, kannst du sie nicht mehr anhalten. Offenbar wollen sie riesige Summen investieren. Ich vermute, sie sind zu allem bereit.«

»Ich bin nicht verpflichtet zu verkaufen«, versteifte sich Marthe.

»Nein, Maman. Aber sie können dir das Leben zur Hölle machen«, gab Claire zu bedenken. »Du kannst natürlich einen Anwalt konsultieren. Aber meiner Meinung nach wird er eine Menge Geld verlangen und dir nach ein paar Monaten empfehlen, doch zu verkaufen.«

Paul hätte das Gleiche gesagt, Marthe wusste es. Nach einundvierzig Jahren Zusammenleben hat man den Standpunkt des anderen im Blut. Man muss ihn nicht mehr fragen. Man tut es trotzdem, aus Höflichkeit, aber eigentlich ist es nicht nötig. Paul war die Zuverlässigkeit selbst. Niemals hätte er unterlassen, was er als seine Pflicht ansah. Er hielt jede Verpflichtung bis zum Ende ein. Er kämpfte bis zum Ende um jedes Leben. »Aber gegen das Unvermeidliche kannst du nichts machen. Es gibt einen Moment, an dem man die Dinge noch beeinflussen, den Lauf der Welt verändern kann, da muss man alles geben. Dann aber kommt ein Moment, an dem man plötzlich weiß, dass es vorbei ist, dass das Schicksal gewonnen hat. Diesen Moment zu erkennen ist eine der großen Herausforderungen des Lebens«, hatte Paul immer gesagt.

Wenn Marthe Kummer hatte, wenn sie weinte, sprach er sehr vernünftig mit ihr. Sehr ruhig. Sie wünschte sich, dass er sie in die Arme nahm und in Ruhe weinen ließ, aber sie hörte ihm trotzdem zu, weil sie wusste, dass das seine Art war, zärtlich zu sein.

»Ich gebe dir ein Beispiel. Du hast eine Verabredung und beschließt, den Bus zu nehmen. Du setzt dich an die Haltestelle und beginnst zu warten. Fünf Minuten vergehen. Andere Leute kommen. Zehn Minuten vergehen. Die nach dir Gekommenen fragen: Warten Sie schon lange? Du siehst auf die Uhr. Ziemlich, antwortest du. Der Bus muss jeden Moment kommen. Das ist logisch. Im gleichen Moment wird dir bewusst, dass deine Verabredung näher rückt und dass du, wenn der Bus nicht in fünf Minuten da ist, zu spät kommen wirst. Die anderen Wartenden werden ungeduldig. Zwei von ihnen beschließen, lieber die Straßenbahn zu nehmen. Wenn du es ihnen gleichtust, kommst du noch fast pünktlich. Andererseits ist es albern, du hast schon so lange gewartet. Womöglich kommt der Bus gerade, wenn du die Straße überquert hast, und du siehst ihn vor deiner Nase wegfahren, dann würdest du dich erst richtig ärgern. Also zögerst du. Du stellst dich auf die Zehenspitzen, hältst Ausschau, ob er noch nicht zu sehen ist. Du wirst immer nervöser. In welchem Moment soll man die Strategie ändern, auf die ideale Lösung verzichten, eine andere wählen? In welchem Moment soll man sich in sein Schicksal fügen? Das ist eine große Frage.«

Paul bediente sich dieser Parabel gern in einer Krise oder bei einer wichtigen Entscheidung. Meistens ließ sie Marthes Tränen versiegen, nicht weil sie ihr Trost spendete, sondern weil es unmöglich war zu weinen, während man eine Busgeschichte hörte.

Jetzt wählte sie Auréliens Nummer und ließ es lange klingeln. Als sie gerade auflegen wollte, vernahm sie plötzlich seine atemlose Stimme.

»Ich störe dich bestimmt«, stellte sie fest.

»Das macht nichts, Maman. Ich freue mich, dich zu hören.«

»Es ist etwas Wichtiges geschehen. Ich dachte, du solltest Bescheid wissen.«

Das Schweigen am anderen Ende war voller Sorge.

»Es geht um das Haus.«

Er seufzte erleichtert auf. »Ach so. Du hast mich erschreckt! Ich dachte, es wäre etwas Ernstes. Eine Krankheit oder so.«

Marthe erklärte ihm die Situation. In der Leitung rauschte es, das erschwerte die Verständigung. Sie hatte Mühe, klare und richtige Worte zu finden.

»Es klingt so, als wären die Würfel schon gefallen, Maman. Das ist ein Skandal. Aber was willst du machen? Es gibt so viele Skandale auf der Welt, dass man gar nicht weiß, wo man anfangen soll, wenn man sie aufzählen will. Das Verhalten der multinationalen Pharmakonzerne in Afrika zum Beispiel, ihr Zynismus, das ist grauenvoll. Das übersteigt jede Vorstellung.«

Er sprach weiter über alarmierende Entwicklungen in der Welt, und Marthe hörte zu, wie sie es immer tat. Ein wunderbarer Junge! Sie konnte stolz auf ihn sein. Trotzdem löste es ihr akutes Problem nicht.

Nach seiner ebenso leidenschaftlichen wie empörten Abschweifung kam Aurélien plötzlich zum Thema zurück. »Maman, es ist dein Haus. Du machst damit, was du willst. Egal, wie du dich entscheidest, ich bin absolut auf deiner Seite. Ich unterstütze dich, so gut ich kann.«

## 14

Die Idee mit den Transparenten und der Demonstration stammte von Louis Goyat. Die Klage vor Gericht hatte Ludovic Lambert vorgeschlagen, und die Flugblätter verteilte Hans Scharnbeck, der um der gemeinsamen Sache willen der Bewegung beigetreten war. Was im Augenblick zählte, war Solidarität, da musste man über Differenzen und Animositäten hinwegschauen. Sogar Gwendoline Lambert hatte sich von dieser Idee überzeugen lassen, obwohl sie Scharnbeck, den sie nie anders nannte als den »Boche«, offen feindlich gegenüberstand.

Marthe nahm die Verpflegung aller Beteiligten an den Planungstreffen in die Hand. Kochen war schon von früher Jugend an ihre Leidenschaft gewesen, und sie verstand sich vorzüglich darauf. Sie liebte es, Rezepte auszusuchen, Zutaten zu kaufen und Varianten auszuprobieren. In der Küche befand sie sich in einem schöpferischen Trancezustand. Und so war ihr diese unerwartete Gelegenheit, wieder einmal für viele Personen den Herd anzuwerfen, sehr willkommen.

In der Zwischenzeit hatten sich ihre Nachbarn an die Herstellung der Transparente gemacht. »Nein zum Lunapark in Plouerbec!«, stand auf einem der Spruchbänder. »Solidarität mit den Anwohnern!« und »Gemeinsam für die Bewahrung unserer schönen Küste!« auf anderen.

Sie hatten lange über die Benennung des Projekts diskutiert. »Freizeitpark« war richtig, klang aber zu harmlos. »Disneyland« war ein geschützter Name, das konnte Probleme bringen.

»Ein Problem mehr oder weniger macht auch keinen Unterschied«, hatte Hans Scharnbeck gesagt, aber Ludovic Lambert war anderer Meinung. »Es gibt solche und solche Probleme.« Er sah sich schon im Gerichtsstreit mit den Erben des Trickfilmmagnaten. »Hier ist Vorsicht angebracht. Wenn wir recht bekommen wollen, müssen wir selbst gerecht sein und Maß halten.«

»Kommerz-Dschungel, um die Kinder von frühester Jugend an zu verderben!« Dieser Vorschlag von Louis Goyat war abgelehnt worden, denn er war zu lang und nicht klar genug.

»Er ist auch etwas tendenziös«, hatte Marthe eingewandt, während sie ihre Zucchini-Tarte herumreichte.

»Wir wollen nicht als Geisel genommen werden!« war hingegen einstimmig angenommen worden, ebenso wie: »Wir protestieren entschieden gegen jede Einmischung in unsere Angelegenheiten!«

An einem Samstagmorgen sammelte sich der Demonstrationszug vor dem Grand Hôtel. In den vorangegangenen

Tagen hatte Hans Scharnbeck unermüdlich seine Flugblätter verteilt. Wenn er abends nach Hause kam, taten ihm die Beine weh. Aber er wollte unbedingt die Öffentlichkeit aufrütteln.

Trotz seiner Anstrengungen kamen am Tag der Demonstration keine Menschenmassen. Nachdem sie zwanzig Minuten auf Nachzügler gewartet hatten, setzten sich etwa hundert Personen in Richtung Marktplatz und Rathaus in Bewegung.

Ihre Antipathie überwindend, sagte Marthe zu Hans Scharnbeck: »Das ist doch nicht schlecht«, aber er antwortete nur mit einem Grunzen. Die Anzahl der Beteiligten war der entscheidende Faktor bei Protesten, und hundert Personen machten noch keine Bewegung aus.

»Wir dürfen den Kopf nicht hängen lassen«, tröstete Marthe. »Es werden sich bestimmt noch andere anschließen, später, nach dem Markt. Man muss sie erst einmal aufklären.«

»Jeder sieht zu, wo er bleibt. Sie reagieren nur, wenn die Ungerechtigkeit sie persönlich betrifft. Um alles andere scheren sie sich einen Dreck«, antwortete Scharnbeck missmutig.

»Richtig«, stimmte Ludovic Lambert zu, der auch nicht gerade guter Laune war.

Die Männer der Familie Goyat führten den Zug an. Sie fuhren auf alten, funkelnden Motorrädern sehr langsam nebeneinander her. Beide hatten einen langen Stock an ihren Gepäckträgern befestigt, und zwischen den Stöcken spannte sich ein Laken mit ihrer Hauptforderung: »Bewahren wir unsere Küste vor dem Kommerz!« Louis und sein Vater hatten einen ganzen Sonntagmorgen geübt, um genau im selben Tempo und im selben Abstand zu fahren. Jetzt bewiesen sie große Geschicklichkeit, aber der Fußgängerverkehr am Samstagvormittag, den sie nicht bedacht hatten, erschwerte ihnen die Fahrt.

Hinter ihrem Sohn und ihrem Mann marschierte Madame Goyat und blies mit überraschender Courage in ihre Trillerpfeife.

Familie Bihannic, von Kopf bis Fuß in Grün gekleidet, lief an ihrer Seite. Anna schlug auf einen Kochtopf.

Hans Scharnbeck und Ludovic Lambert verteilten Flugblätter und diskutierten mit den Passanten.

Gwendoline und Marthe, ebenfalls grün gekleidet, trugen Holzschilder mit den Aufschriften, die sie gemeinsam festgelegt hatten.

Monsieur Kergolen hatte sich sogar ein Megaphon besorgt. Da er im Umgang damit wenig geübt war, hatte er es zu laut eingestellt, sodass seine Parolen von schrillen Rückkopplungen unterbrochen wurden. Unter den anderen Demonstranten befanden sich Virginie und einige Eltern der Schüler, denen Marthe Nachhilfe gab. Die kleine Amandine wurde von ihrer Mutter begleitet und wiederholte aus voller Kehle die Parolen, die Monsieur Kergolen in sein Megaphon brüllte.

Natürlich waren auch Menschen, die Marthe nicht kannte, dem Aufruf gefolgt. Junge Leute, die sich freuten, dass endlich mal etwas passierte, hatten sich Spruchbänder gegriffen und schwenkten sie über ihren Köpfen. Ein Dutzend Alternativer, die den Protest zu ihrem Lebensinhalt gemacht hatten, waren gekommen, ohne sich um die Gründe für den hiesigen Aufmarsch zu kümmern. Sie hatten Trommeln dabei, und nach einer halben Stunde begannen einige zu tanzen. Mehrere Einwohner von Plouerbec, die Gwendoline Lambert davon überzeugt hatte, wie berechtigt ihre Forderungen waren, bildeten den Schluss des Demonstrationszuges.

Auf dem Markt hatten sie großen Erfolg. Die Kunden verließen die Stände und drängten sich um die Demonstrierenden. Sogar die Verkäufer ließen ihre Waren im Stich, um die Ursache des Aufruhrs zu ergründen. Ein paar Jungs nutzten die Gelegenheit, um unbemerkt Süßigkeiten zu stibitzen.

Nachdem die Demonstranten ein paar Minuten lang ihren Zorn hinausgeschrien hatten, kamen zwei eiligst herbeigerufene Polizisten auf sie zu. Höflich baten sie die Menschen an der Spitze des Zuges, weiterzugehen, damit der Markt ungestört fortgesetzt werden konnte.

Dem einen Polizisten, Loïc Guillerm, einem entfernten Cousin von Gwendoline Lambert, war es besonders unangenehm, an diesem Tag Dienst zu tun. Während er mit Louis Goyat diskutierte, versuchte er, den wütenden Blicken seiner Cousine auszuweichen. Die Goyats waren friedliche Gemüter, sie zeigten sich empfänglich für die Argumente der Ordnungshüter und schwangen sich wieder auf ihre Maschinen, um loszufahren. Aber da hatten sie nicht mit Gwendoline gerechnet, die keineswegs die Absicht hatte, sich ausgerechnet vom kleinen Loïc vertreiben zu lassen. Sie begann zu rufen: »Wir bleiben hier! Wir bleiben hier! Ihr werdet uns nicht aus unseren Häusern vertreiben, ihr werdet uns nicht von hier vertreiben!« Die so gezogene Parallele zwischen den beiden Ereignissen begeisterte auch andere, und der Aufruhr flammte erneut auf. Der ältere Polizist trat beiseite und sprach in sein Funkgerät. Nach zehn Minuten trafen zwei Gendarmen zur Verstärkung ein. Der eine drohte mit Verhaftung, den anderen schreckte die Vorstellung, den ganzen Haufen auf der Wache wiederzusehen, und er appellierte an den Bürgersinn von Ludovic Lambert und vom alten Goyat, die ihm die Vernünftigsten zu sein schienen. Armand Goyat wurde weich und gab seinem Sohn ein Zeichen. Zögernd und widerwillig folgte dieser seinem Beispiel. Und da geschah es.

Armand fuhr etwas früher los als Louis, der ihn jedoch gleich einholte. Bei diesem Manöver rannte plötzlich eine Katze über die Straße. Der alte Goyat wollte ihr ausweichen, fuhr einen Bogen und seine Räder rutschten auf Apfelschalen aus. Er hätte den Lenker wieder aufrichten können, wenn ihn das zwischen den beiden Krafträdern straff gespannte Laken nicht daran gehindert hätte. Armand stürzte und brach sich den Arm. Seine lauten Schmerzensschreie machten der Demonstration ein jähes Ende. Die Sorge um den Verletzten trug den Sieg über die politischen Forderungen davon.

## 15

Von der Straße aus waren die Transparente an den Häusern der Allée des Pommiers gut zu lesen und drückten dem einst so friedlichen Viertel einen seltsamen Stempel auf. Einen Tag, nachdem die Bewohner sie aufgehängt hatten, stattete der Bürgermeister ihnen einen Besuch ab.

»Ich kam gerade zufällig vorbei«, schwindelte er, als er vor einer Tasse Kaffee in Marthes Garten saß. »Ich war sehr überrascht, als ich Ihre Forderungen las und vor allem die Art, wie Sie sie kundtun. Madame Simonet, Sie sind doch eine Dame …« – er räusperte sich, während er nach einer passenderen Formulierung suchte – »… in einem gewissen Alter. Respektabel … nicht Ihr Alter natürlich, sondern Sie.«

Bei der Vorstellung, sie könne den Bezug des Adjektivs missverstehen, errötete er. Marthe musste über seine Verlegenheit lächeln.

In dem Moment rauschte Madame Lambert in den Garten. Sie hatte den Vertreter des Volkes kommen sehen, während sie am Fenster im Obergeschoss das Bettzeug lüftete. Zum ersten Mal seit langer Zeit freute sich Marthe wirklich über ihr Erscheinen.

Gwendoline Lambert hatte anfänglich gezögert, dann aber schnell beschlossen, die Position ihres Mannes loyal zu unterstützen. Wenn Ludovic auf den Gewinn verzichten wollte, den sie aus dem Haus herausschlagen konnten, hatte er wohl seine Gründe. Er war ein gebildeter, fleißiger Mensch, der wusste, was er tat. Und da ihr Gatte tagsüber arbeitete, war es ihre Pflicht, seine Interessen hier vor Ort zu verteidigen.

»Herr Bürgermeister, was für eine schöne Überraschung!«, rief sie ihm schon von weitem entgegen. Sie reichte Monsieur Guézennec die Hand und küsste Marthe überschwänglich.

»Wir wollten uns gerade bei Ihnen anmelden, aber Sie kommen uns zuvor. Das ist wirklich nett.«

Marthe verschwand für ein paar Minuten, um noch eine Tasse und die Kuchenreste vom Vortag zu holen. Durch das Fenster hörte sie Gwendoline flöten.

»Alle sind Ihnen dankbar für das, was Sie für diese Stadt getan haben. Arbeitsplätze schaffen, was für eine löbliche Absicht! Vor allem für die jungen Leute. Das hat natürlich Priorität. Sie haben vollkommen recht.«

Als Marthe zum Tisch zurückkam, hatte sich der Bürgermeister entspannt. Er lehnte sich lächelnd in seinem Gartenstuhl zurück und ließ sich von Madame Lamberts Komplimenten einlullen.

Ich habe mir unnötig Sorgen gemacht, schien er zu denken, als Gwendoline plötzlich ihr Stück Tarte beiseiteschob und zum Angriff überging.

»Wir sind allerdings sehr besorgt«, sagte sie, »denn wir wären gern vorher gefragt worden.«

»Ich verstehe, aber –«, stammelte Monsieur Guézennec.

Gwendoline Lambert fiel ihm ins Wort. »Madame Simonet zum Beispiel wohnt seit mehr als dreißig Jahren hier. Dreißig Lebensjahre, das ist schon was, nicht wahr?«

Ihr Gegenüber konnte nur nicken.

»Sehen Sie. Nach dreißig Jahren umzuziehen, das muss man sich wirklich in Ruhe überlegen. Madame Simonet ist noch nicht alt« – sie warf Marthe einen freundschaftlichen Blick zu –, »aber sie hat ihre Gewohnheiten. Und uns anderen geht es ebenso. Vielleicht, wenn man uns nicht so brüskiert hätte …«

Ein strahlendes Lächeln lag auf Gwendolines Lippen, aber in ihren Augen war eine Drohung zu lesen. So ist sie beinahe schön, dachte Marthe.

»Mein Vater und ich haben unsere Stadt immer unterstützt. Erinnern Sie sich daran, Monsieur Guézennec? Die neue Kirchenglocke. Das Grundstück für den Kindergarten. Wir haben alle Anfragen wohlwollend berücksichtigt.«

Marthe hatte nicht gewusst, dass die Lamberts so großzügig gespendet hatten, aber es überraschte sie nicht. Sie kam ihrer Nachbarin zu Hilfe. »Sie müssen verstehen, dass wir an unseren Häusern hängen, Monsieur Guézennec«, erklärte sie freundlich. »Mein Mann hat diesen Ort sehr geliebt. Er ist hier gestorben. Er ist auf dem Friedhof von Plouerbec begraben. Das alles hat für mich einen unschätzbaren Wert. Vielleicht haben Sie noch nie einen lieben Menschen verloren – ich hoffe es für Sie –, aber wenn doch, dann wissen Sie, wie sehr die Orte von unseren Erinnerungen erfüllt sind.«

Der Bürgermeister lächelte verlegen und anteilnehmend. Gwendoline nickte, während sie eine kleine Träne trocknete.

»Es ist deshalb unsere Pflicht, die Aufmerksamkeit der Öffentlichkeit darauf zu lenken, wie das Ganze abgelaufen ist, damit sich solche Fehler in Zukunft nicht wiederholen. So gern wir Sie bei der Schaffung neuer Arbeitsplätze für die Jugend unterstützen, es kommt einfach nicht infrage, auf unseren Grundstücken einen Freizeitpark zu bauen.«

»Ich kann nur wiederholen, was ich bei der Versammlung gesagt habe: Die Ausschreibung war öffentlich, wie es das Gesetz vorschreibt, jedermann konnte sich über die Projekte informieren.«

»Wissen Sie, Monsieur Guézennec, das Problem ist nur, dass wir nicht jedermann sind. Man hätte sich vielleicht gegenüber den Menschen, die Sie gewählt haben, etwas aufmerksamer zeigen sollen.«

»Wir sprechen uns noch«, sagte der Bürgermeister, plötzlich rot vor Ärger, und sprang auf.

»Das hoffen wir sehr«, antwortete Gwendoline und hisste ihr Lächeln wie eine Piratenflagge.

# 16

Schreiend war er aufgewacht. Im Traum hatte Hans Scharnbeck sie wieder gesehen, wie sie in der Tiefe des Haffs versanken. Unter den Bombardements und der Last von Tausenden Menschen, Pferden, Fahrrädern, Motorrädern, Karren und Fahrzeugen aller Art hatte das Eis nachgegeben. In wenigen Sekunden. Ein Zischen, ein Riss, ein zweiter, ein gähnendes Loch, ein Gurgeln. Schreie. »Magda!« Das schmerzhafte Echo seiner eigenen Schreie. »Mama!« Bis zur Erschöpfung. Bis in die Ewigkeit. Seine Schwester war zehn Jahre alt gewesen. Blaue Augen, hohe Wangenknochen, ein so strahlendes, so fröhliches Lächeln.

Die Träume waren der Wundbrand des Herzens. Und er vermochte ihnen nicht Einhalt zu gebieten. Tagsüber konnte man die grausamen Gedanken vertreiben, tagsüber konnte man den Schmerz in Wut, Überlebenswut verwandeln. Man konnte kämpfen, angreifen, vorwärts gehen. Aber in der Dunkelheit war es anders. Die Nacht war eine Verräterin, jeder Schlaf eine Falle.

Der Wind ließ die Tür und die Fensterläden aus Holz erzittern. Sie stöhnten in ihren Angeln und zerrten heftig daran, als sei endlich der Moment gekommen, sich von schweren Ketten loszureißen.

»Heerste, Jingelche, nu kummen die Jeister«, hätte Helga, ihr Dienstmädchen, gesagt und wäre mit ihrem großen Tuch um die Schultern etwas näher an den Kamin gerückt. Dort waren an Winterabenden alle versammelt, beschäftigten sich mit verschiedenen Arbeiten und erzählten Geschichten.

»Dummes Zeug. Du wirst ihm noch Angst machen mit

deinen Gespenstermärchen«, hätte seine Mutter wie so oft entgegnet. »Das ist doch lächerlicher Aberglaube.«

Helga hätte sie angesehen und geschwiegen. Der Herrin durfte man nicht widersprechen. Trotzdem hatte seine Mutter zwischen Weihnachten und Neujahr niemals Wäsche aufgehängt, weil man sich erzählte, wenn eine Frau in dieser Woche die Kleider trocknete, würde sich ein Geist darin einnisten und im nächsten Jahr würde ein Familienmitglied sterben. Die Mutter glaubte natürlich nicht an Gespenster, aber solch eine Verantwortung wollte sie dann doch nicht auf sich nehmen.

Hans lag in dem einfachen Bett, das er aufgestellt hatte, als er beschloss, auf seinem Grundstück zu wohnen, und lauschte dem tobenden Wind, der alles bedrohte, was er auf seinem Weg fand. So ein entfesselter Sturm, der die Kamine durchpustete und mit den Bäumen kämpfte, weckte die Ängste. Er erweckte zuckende Schatten zum Leben, als erlitten sie von einer unsichtbaren Kraft schmerzhafte Foltern. Isoliert stehende oder zu leichte Objekte wurden seine Beute, er riss sie in seinem ekstatischen Tanz mit sich fort.

In solchen Momenten hatte Hans die Horrorgeschichten besonders genossen, die man nach Einbruch der Nacht wie ein Geständnis ausbreitete.

»Bitte, Helga, erzähl noch mal von dem Mann ohne Kopf!«

Die Magd ließ sich nicht lange bitten. Sie warf einen verschwörerischen Blick in die Runde, senkte die Stimme und begann zu erzählen.

»Es war eine Nacht wie diese. Der alte Graschke …« – Helga gab ihren Figuren immer das Gesicht eines Nachbarn oder Bekannten, um die Zuhörer von der Wahrhaftigkeit ihrer Worte zu überzeugen – »… war später als gewöhnlich vom Feld zurückgekommen. Er ging durch den Wald, als plötzlich eine wunderschöne Frau vor ihm erschien. Sie sah ihn flehend an und bat: ›Großväterchen, komm mit in meine Hütte, ich bin nur ein schwaches Weib, und ich brauche deine Hilfe …‹«

Magda hatte sich in die Arme ihrer Mutter geschmiegt, die hin und wieder, vor allem, wenn der Vater nicht da war, duldete, dass Helga ihre beängstigenden Geschichten erzählte. Die Kinder waren hin- und hergerissen zwischen der wohligen Angst und dem Verlangen, sich die Ohren zuzuhalten, so lebendig und glaubhaft erzählte Helga, deren Stimme zu einem eindringlichen Flüstern herabgesunken war.

Die Magd glaubte felsenfest an Gespenster und die seltsamen Kreaturen, die ihre Welt bevölkerten. Diese Geister der Nacht, die die Lebenden nicht in Frieden lassen wollten, waren ihr Schaudern und ihr Trost. Nie war sie einsam, weil sie sie allzeit verfolgten, sie tagsüber beobachteten und des Nachts getarnt als ein Windhauch oder eine flackernde Flamme hervorkamen. Sie hatte Hans und Magda beigebracht, dass es unter diesen Kreaturen gute und böse gab. Barmherzige und grausame. Verfluchte und hilfreiche. Aber wie sollte man sie erkennen, wie unterscheiden? Wenn sie die Kühe molk oder Kartoffeln las, wenn sie die Ställe ausmistete oder die Pferde striegelte, waren ihre Gedanken stets bei dieser unsichtbaren Schar. Helga war nicht schön und kein Mann hatte sich je für sie interessiert, aber darüber sprach sie nie. Wann immer sie den Mund aufmachte, redete sie von den Geistern.

Tagsüber, in der Sonne, wenn alles beruhigend und klar erschien, hatte sich Hans oft über sie lustig gemacht. Dann hielt sie sich die Ohren zu und wiegte den Kopf, worüber er noch mehr lachen musste.

»Pass bloß auf, Jingelche, die Geister mögen's nicht, dass man sie schmäht. Sie werden sich rächen. Sie rächen sich immer. Niemand ist vor ihrer Macht gefeit.«

Er hatte es lustig gefunden, aber wenn der Abend kam, wenn es dunkel wurde, jagte ihm die Stimme der Alten wieder ordentlich Angst ein.

Wenn Hans tagsüber frech gewesen war, erzählte sie mit glänzenden Augen die Geschichte von Peter, der wie Hans die Geister verspottet hatte und den man eines Novembermorgens nach einer stürmischen Nacht aufgehängt in seiner Scheune gefunden hatte.

Niemals sprach sie von dem Entsetzlichen, das die Lebenden, ihre Landsleute, am helllichten Tag vor ihren Augen taten, aber darin waren alle Erwachsenen gleich. Manchmal hörten Magda und Hans ihre Eltern mitten in der Nacht in ihrem Schlafzimmer flüstern, wenn sie dachten, alle anderen würden schlafen. Beim geringsten Geräusch verstummten sie. Wenn sie beim Essen Radio hörten, wichen sie den Blicken der anderen aus. Sie misstrauten allen und jedem.

In diesem Klima waren Helgas Geschichten eine willkommene Ablenkung. Der Feind war leicht zu identifizieren und alle durften zittern.

Hans wusste nicht, was aus der Magd geworden war. Lange hatte er ihre Horrorgeschichten vergessen. Sie waren ihm erst wieder eingefallen, als er nachts am Bett seiner Frau wachte, deren Schmerzen die Stunden ins Unendliche dehnten. Er hatte angefangen, den Sonnenuntergang zu fürchten, weil er eine weitere qualvolle Nacht ankündigte. Die Krankheit schien geradezu auf die Dunkelheit zu warten, um ihre niederträchtige Macht zu zeigen. Während er mit Jacqueline, die neben ihm stöhnte und litt, die den Schmerz nicht mehr ertrug, auf das erste Morgengrauen lauerte, sah er erneut die bösen Geister der Nacht und lernte, sie zu hassen.

In einer Dezembernacht, einer finsteren Nacht, einer hässlichen Nacht, einer verfluchten Nacht, hatten sie ihm schließlich das genommen, was ihm auf der Welt das Liebste war.

## 17

Der von Ludovic Lambert engagierte Anwalt hatte vorgeschlagen, auf Annullierung der Baugenehmigung zu klagen und zu versuchen, einen Vollstreckungsaufschub zu erlangen. Es waren noch drei Wochen bis zum Gerichtstermin.

Am Abend versammelten sich die Betroffenen um den großen Tisch in Marthes Küche. Gwendoline hatte mit Roquefort gefüllte Windbeutel mitgebracht, Madame Bihannic zwei Flaschen Rotwein und Apfelsaft für ihre Tochter Anna.

»Wir müssen uns in Geduld üben«, verkündete Ludovic Lambert finster, als sich alle bedient hatten. »Wir haben keine Wahl.«

Von plötzlicher Begeisterung gepackt, sprang Louis Goyat auf. »Wollen wir nicht inzwischen eine Petition verfassen?«

»Das ist eine gute Idee«, lobte ihn Gwendoline und stopfte sich einen Windbeutel in den Mund. »Ich könnte mich um die Unterschriften kümmern. Ich kenne in Plouerbec alle und jeden.«

»Sie werden eine böse Überraschung erleben«, warnte Hans Scharnbeck nüchtern.

»Warum denn das?«, fragte Gwendoline leicht aggressiv. »Was wissen Sie denn davon? Sie sind schließlich nicht von hier.« Beinahe hätte sie hinzugefügt: »Schlimmer noch. Sie sind nicht mal Franzose«, besann sich aber im letzten Moment.

»Weil es viele im Ort gibt, denen der Bau eines Freizeitparks gelegen kommt«, erklärte der Deutsche und nahm einen Schluck Wein.

»Wir werden ja sehen.«

»Genau.«

»Defätismus ist hier fehl am Platz«, donnerte Armand Goyat, dem sein Gipsarm eine gewisse Autorität verlieh. Marthe, die im Begriff war, an alle Servietten auszuteilen, hielt in ihrer Geste inne.

»Wenn ich defätistisch wäre, würde ich mein Boot nehmen und woanders ankern. Stattdessen lasse ich mich hier nieder«, antwortete Scharnbeck seelenruhig und schaute Goyat fest in die Augen, bis dieser den Blick senkte.

Hätte sich nicht die Angst in den Herzen aller Bewohner der Allée des Pommiers eingenistet, hätte man glauben können, nichts habe sich verändert. Zweimal hintereinander bekam Marthe am Samstagnachmittag Besuch von der kleinen Amandine, die im Garten spielte. Marthe überwachte sie vom Küchenfenster aus, während sie ihr einen Imbiss zubereitete. Es machte ihr Freude, dem Gesang der Kleinen zuzuhören, die mit ihrer Puppe im Arm auf der Schaukel saß. Es war wie ein Schritt zurück, ein Fenster, das sich zu ihrer Jugend öffnete. Bedauernd sah sie am Abend Sylvie durch das Gartentor treten und ihre Tochter abholen.

Am Sonntag kam Claire mit den Kindern, die sich ebenfalls im Garten amüsierten, während Mutter und Tochter beim Abwasch über verschiedene Dinge sprachen.

»Wie steht es hier bei euch?«, erkundigte sich Claire.

»Wir warten besorgt, aber auch gut gelaunt«, antwortete Marthe.

Abgesehen von diesen willkommenen Unterbrechungen ging Marthes Leben seinen gewohnten ruhigen Gang. Mittwochs gab sie ihre Nachhilfe, donnerstags und freitags half sie Virginie in der Bibliothek, und wenn sie nach Hause kam, las sie ein wenig oder löste ihre Kreuzworträtsel.

Und sie ging jetzt jeden Tag schwimmen. Allerdings blieb sie nie lange. Sie legte sich nicht gern in den Sand, um sich zu sonnen, diese Art der Untätigkeit war nichts für sie. Sie interessierte sich nur für den Ozean mit seinen Farben und den wechselnden Rhythmen, denen sich der Schwimmer anpassen musste. An manchen Tagen glich das türkisblaue, ruhige Meer seiner entfernten Cousine, dem Mittelmeer, als wolle es prüfen, wie es sich anfühlte, eine makellose, von der ganzen Welt bewunderte Schönheit zu sein. Aber kein einziges Mal konnte der Atlantik diesen Wettstreit lange durchhalten. Es war, als würde er sich noch vor dem Abend in der Verkleidung als glänzende, glatte und schmachtende Wasserfläche langweilen. Als versuche er, sich ein wenig zu zerstreuen, kräuselte er sich ganz leicht und dann immer stärker unter dem Einfluss seines besten Spielkameraden, des Windes. Kurz darauf tobte er wieder wie entfesselt.

Auch der Himmel wandelte sich in wildem Tempo. Wenn Marthe die Allée des Pommiers mit ihrem Handtuch unter dem Arm verließ, war er strahlend, fast wolkenlos blau, aber bereits bedrohlich, wenn sie ihren Badeanzug angezogen hatte. Dann beeilte sie sich, einzutauchen und ein Stück zu schwimmen. Dabei betrachtete sie fasziniert das dunkle

Grau, das sich vor dem Horizont ausbreitete und aus dem das Gelb der letzten Sonnenpfeile auftauchte. Wenn sie die ersten Blitze sah, kam sie eilig aus dem Wasser. Dann blieb ihr nur noch wenig Zeit vor dem heftigen Regen, der auf die Wellen peitschen und schließlich von ihnen verschlungen werden würde. Einmal sah sie in diesem herrlichen Licht erneut das Pferd und seinen Reiter in schnellem Galopp dem nahen Gewitter trotzen, es womöglich herbeirufend und ihm entgegenstürmend. Und obwohl sie wusste, dass es Scharnbeck war, der auf seinem Friesen Morgenstern dahinpreschte, verharrte sie gebannt angesichts dieser wie aus dem Nichts auftauchenden Erscheinung.

## 18

Achtzehn Knospen und eine erste aufgehende Blüte. Die Pierre de Ronsard erstrahlte in diesem Jahr in ihrer vollen Schönheit. Marthe betrachtete andächtig das Wunder der Natur, das sich zwar jedes Jahr vollzog, von dem sie aber nie genug bekommen konnte. Der Rosenstock war so üppig, dass sie die reich beladenen Zweige anbinden musste, damit sie nicht beim nächsten herben Windstoß umknicken würden.

Und während sie sich liebevoll um ihre Blumen kümmerte und jeden Morgen in ihrem Gemüsebeet Unkraut jätete, ging Gwendoline Lambert von Tür zu Tür. Seit sie die heikle Mission des Unterschriftensammelns übernommen hatte, stand sie morgens mit ihrem Mann auf und machte sich auf den Weg zu den Einwohnern von Plouerbec.

Nach einer Woche gestand sie sich ein, dass sie mit dieser großen Aufgabe unmöglich allein fertig werden konnte.

»Das Problem ist«, sagte sie und ließ sich auf Marthes Küchenbank sinken, »dass man jedes Mal alles erklären muss. Die Leute bitten Sie herein. Sie diskutieren. Sie bieten Ihnen etwas zu trinken an, was Sie nicht ablehnen können. Die Zeit vergeht, und am Abend haben Sie kaum eine Handvoll Unterschriften zusammen.«

Marthe hörte sich Gwendolines Kümmernisse an, während sie weiter die Tomaten für das Gazpacho schälte und entkernte.

»Gut. Ich werde Sie unterstützen«, versprach sie schließlich, wenngleich sie nicht sicher war, ob solche Aufgaben wirklich in das Betätigungsfeld einer Dame fielen. Ihrer Mutter und ihrem Mann hätte es sicher missfallen.

»An der Tür seiner Mitbewohner zu klingeln und um irgendetwas zu bitten, gleichgültig worum, ist schon fast Bettelei«, hätte Jeanne gesagt. In dem Bewusstsein, wie sehr ihre Familie ein solches Tun abgelehnt hätte, beschloss Marthe, bei den Händlern anzufangen. Es war weniger unangenehm, in ein Geschäft zu gehen als zu Leuten nach Hause.

Am Dienstagmorgen fuhr sie ins Stadtzentrum. In der Nähe des Hafens schloss sie ihr Fahrrad an einer Eisenstange an und betrat die Fleischerei von Francis Kermabon, der gerade dabei war, eine Rinderbrust in verschiedene Stücke zu zerteilen. Er mochte es, wenn die Kunden die richtigen Namen für die Stücke wussten, als bekundeten sie damit ihren Respekt für das Tier, das gestorben war, um sie zu ernähren.

»Haben Sie heute kein Bürgermeisterstück?«

Die Stammkunden waren alle von ihm in die Kunst eingeführt worden, genau zu benennen, was sie wollten. Diejenigen, für die rotes Fleisch nur Steak oder höchstens noch Roastbeef hieß, die sich nicht für die Anatomie des Tieres interessierten, verachtete er. Als guter Geschäftsmann versuchte er natürlich, sich diese Aversion nicht anmerken zu lassen, aber wenn man ihn kannte, war sie deutlich zu spüren.

»Ich will Ihnen etwas sagen, Madame Simonet«, hatte er Marthe eines Tages erklärt. »Die Leute, die sich nicht für das, was sie kaufen, interessieren, bereiten es auch schlecht zu. Bei denen wird sogar das beste Fleisch zur Schuhsohle. Das ist gewissermaßen eine doppelte Kränkung.«

Marthe hatte herzlich gelacht.

»Ah, da ist ja Madame Simonet!«, rief Kermabon nun, als er sich umdrehte. »Wie läuft's denn so?«

»Sie meinen, wie läuft *sie* denn so?«, antwortete Marthe.

Solche Scherze mit den Verkäufern waren ein unschuldiges kleines Vergnügen, das ihr viele Sympathien einbrachte.

»Was darf ich Ihnen geben?«

»Heute bin ich nicht gekommen, um einzukaufen«, sagte Marthe und holte die Petition aus der Handtasche.

Kermabon legte sein Messer beiseite und wischte sich die Hände an seiner nicht mehr ganz weißen Schürze ab.

»Was ist das?«

»Wir sammeln Unterschriften gegen den Bau des Freizeitparks.«

»Ach ja, ich weiß Bescheid. Ich habe Sie neulich auch bei der Demonstration gesehen.«

Marthe nickte verlegen.

»Aber ehrlich gesagt sehe ich nicht ein, wieso dieser Park ein Problem darstellt«, fuhr der Fleischer fort und griff wieder nach seinem Messer.

»Er entsteht direkt vor unserer Haustür. Am Anfang wollten sie sogar die ganze Allée des Pommiers mit einbeziehen.«

»Ich verstehe Ihren Standpunkt, für Sie ist das unangenehm, das gebe ich gern zu, aber für die anderen Einwohner von Plouerbec ist es eher ein Fortschritt.«

Zwei schnelle, präzise Schnitte an den Rippen entlang lösten ein schönes Stück Kalbsbraten ab.

»Der Park wird Arbeitsplätze schaffen und Touristen herlocken. Das ist eine beachtliche Bereicherung für unsere Stadt.«

»Der Park wird die ganze Landschaft verschandeln. Man wird die Gebäude schon von weitem sehen, sogar von der Küste aus«, entgegnete Marthe und konnte ihren Blick nicht von den Händen des Metzgers abwenden. »Hunderte Autos werden die Stadt überschwemmen, die dadurch ihren Charme und ihre Einzigartigkeit verliert.«

»Von dem Geld, das die Stadt durch den Park einnimmt, werden eine neue Schule und ein Schwimmbad gebaut«, gab der Metzger zu bedenken, während er den Braten in Papier einwickelte und auf die Waage legte.

»Das ist noch gar nicht sicher.«

»Der Bürgermeister hat es versprochen.«

»Monsieur Guézennec war bei Ihnen?«, fragte Marthe erstaunt.

»Höchstpersönlich«, gab Kermabon zu und notierte eine Summe.

»Und er hat Ihnen solche Investitionen versprochen?«

»In die Hand. Außerdem zahlen wir dann weniger Gemeindesteuern.«

»Kurz und gut, er will Sie kaufen.« Die Bemerkung war ihr entschlüpft.

»Jetzt übertreiben Sie aber, Madame Simonet«, protestierte der Metzger und schaute ihr direkt in die Augen. »Er hat uns nur die Vorteile dargelegt, die der Bau eines Freizeitparks mit sich bringt.«

»Aber Monsieur Kermabon, es geht doch auch um unser aller Naturerbe, das zerstört wird! Sie können sich nicht vorstellen, was für ein Lärm und Aufruhr später hier herrschen wird«, beschwor ihn Marthe.

Der Fleischer zuckte mit den Achseln, ergriff ein Kaninchen und schlug ihm mit Hilfe eines kleinen Beils den Kopf ab. »Man muss mit der Zeit gehen.«

Die Türklingel kündigte die Ankunft zweier Kundinnen in geblümten Kleidern an und beendete ihre Diskussion.

»Ich schätze Sie sehr, Madame Simonet, aber Sie müssen mich verstehen. Jeder sieht zu, wo er bleibt«, setzte Kermabon noch hinzu, bevor er sich mit einem breiten Lächeln den neuen Kundinnen zuwandte.

Das ist derselbe Ausdruck, den Scharnbeck bei der Demonstration benutzt hat, erinnerte sich Marthe, während sie erzürnt den Laden verließ. Er hatte recht behalten, was sie noch mehr ärgerte.

Es war das erste von fünf Gesprächen, die Marthe an diesem Tag führte, ehe sie unverrichteter Dinge heimkehrte.

Ich muss mich besser vorbereiten, ich muss überzeugender sein, sagte sie sich, als sie sich in ihren Lieblingssessel am Fenster fallen ließ. Ich frage mich, wie sich Nehru in dieser Situation verhalten hätte. Wenn es mir nicht gelingt, den anderen verständlich zu machen, dass unser Aufstand auch in ihrem Interesse liegt, kann ich niemanden dazu bewegen, uns zu helfen, und die Sache ist verloren.

# 19

Als Krönung all der erfolglosen Bemühungen entschied der Richter, keinen Baustopp zu erlassen. Der Antrag auf Annullierung der Genehmigung werde geprüft, weil aber der Widerspruch zu spät eingegangen war, könnten die Arbeiten nicht aufgeschoben werden.

»Ich hatte Sie ja gewarnt«, sagte Maître Zimmer nach der Verhandlung und hielt dem mörderischen Blick von Ludovic Lambert stand. »Das Problem ist, dass man gegen einen mächtigen Konzern nie gewinnt«, ergänzte der Anwalt. »Auf jeden Fall werden wir nicht mehr gewinnen, als sie uns jetzt schon anbieten. Außerdem kann sich das Ganze sogar gegen uns wenden. Wenn wir verlieren, kann die Gegenseite die Erstattung der Gerichtskosten verlangen. Das dürfte am Ende sehr teuer werden.«

Er ließ seinen Klienten Zeit, diese letzte Bemerkung zu verdauen, ehe er fortfuhr. »Die Gegenseite ist bereit, Ihnen Ihre Häuser weit über dem Marktwert abzukaufen. Mit dieser Summe können Sie bequem ein neues Leben anfangen. Ich finde, das sind hervorragende Voraussetzungen für eine Einigung.«

Er hatte nicht unrecht. Marthe wusste es, aber Ludovic Lambert beschloss erbost, den Anwalt zu wechseln.

Am Abend versammelten sie sich wieder einmal in Marthes Küche und diskutierten. Die ganze Familie Goyat war da, Georges Maréchal und sein Sohn Victor, Hans Scharnbeck, die Lamberts, die Bihannics mit ihrer Tochter Anna, die sehr blass war und nichts sagte. Das waren die letzten Widerständler des Viertels. Alle anderen hatten beschlossen, ihr Eigentum zu verkaufen und fortzuziehen. Mit verlegener Miene hatten sie denen, die noch für das Überleben der Siedlung kämpften, ihre Entscheidung kundgetan.

»Wir sind auf eurer Seite, das wisst ihr, aber ihr müsst uns auch verstehen. Wir sind nicht reich. Das ist eine einzigartige Gelegenheit.«

Als Letzte hatten die Kergolens den schicksalsschweren Entschluss gefasst. Die Übriggebliebenen fürchteten, dass sie nunmehr zu wenige waren, um ernst genommen zu werden und eine Bedrohung darzustellen.

Hans Scharnbeck langweilte sich unverhohlen. Das Gerede bei diesen Treffen stieß ihn ab. Die Proteste, die Argumente, die Aufregung, das hatte er alles schon tausendmal gehört. Madame Goyat war ebenso still wie er. Sie knetete ein Papiertaschentuch, während sie einem langen Vortrag ihres Mannes über die Schönheit der alten Motorräder lauschte. Seit er seinen Gipsarm in einer Schlinge trug und in regelmäßigen Abständen schmerzlich das Gesicht verzog, wagte niemand mehr, ihn zu unterbrechen.

»Hören Sie, Goyat«, begehrte Ludovic Lambert, der nichts mehr von Zylindern hören wollte, schließlich doch auf. »Vielleicht können wir zu unserem Thema zurückkommen. Ich will ja niemanden drängen, aber ich muss morgen früh raus ...«

In diesem Moment klingelte es an der Tür. Sie sahen sich an. Niemand fehlte. Wer konnte noch zu ihnen stoßen?

Marthe öffnete. Vor ihr, halb hinter einem großen Strauß Pfingstrosen versteckt, stand Virginie.

»Guten Abend, Marthe, ich bin nur vorbeigekommen, um dir die Blumen zu bringen. Du magst doch Pfingstrosen so gern, und mein Garten ist voll davon. In diesem Jahr blühen sie besonders gut.«

Marthe dankte Virginie und bat sie herein. Es war nicht

mehr viel Platz am Tisch, aber wenn man zusammenrückte, ließ sich ein weiterer Stuhl dazustellen. Es war sogar noch etwas von der Schinkenpastete übrig, die Armand Goyat begehrlich anstarrte, aber er hatte zu lange auf den passenden Moment gewartet, um sich unauffällig das letzte Stück einzuverleiben. Marthe legte es auf einen Teller, den sie vor Virginie stellte. Goyat warf einen letzten bedauernden Blick darauf. Marthe fing diesen Blick auf und lächelte trotz ihres Kummers. Zum Trost schob sie den Teller mit den letzten Windbeuteln zu Goyat hinüber. Als sie aufsah, nahm sie einen anderen Blick wahr, den Virginie auf Louis Goyat richtete, der gerade dabei war, seinen Standpunkt zur aktuellen Situation darzulegen. Nun wusste sie, weshalb die junge Frau gekommen war.

## 20

Fünf Tage später – die gelben Strahlen der Morgensonne teilten die Landschaft fröhlich in Licht und Schatten – kamen die Bulldozer, einer nach dem anderen, wie Panzer, die zum Manöver ausrücken. Noch bevor sie am Horizont auftauchten, begann Morgenstern mit zurückgelegten Ohren zu scharren und laut zu wiehern. Hans Scharnbeck, der gerade Sonnenblumen an seinem Gartenzaun säte, hob den Kopf und seufzte. Vier riesige Maschinen fuhren langsam über das Nachbargrundstück und machten einen Höllenlärm.

Er führte das am ganzen Körper zitternde Pferd in den Stall und flüsterte ihm sanfte Worte ins Ohr, bis er das Tier halbwegs beruhigt hatte.

Dann nahm er seine Arbeit wieder auf. Nachdem er die Sonnenblumenkerne in gleichmäßigem Abstand in den Boden gesteckt hatte, holte er seinen Grubber und lockerte den Boden. Es war höchste Zeit, überall dort, wo es noch nicht geschehen war, Rasen zu säen. Wenn er noch länger wartete, würde das Gras nicht mehr wachsen.

Mittags aß er auf der kleinen Bank vor dem Haus, dann stieg er ins Auto und fuhr in die Stadt.

Er kehrte am Nachmittag mit seinen Einkäufen zurück und lud Samen, Dünger und Stützen für die Tomaten aus, die bereits erste Früchte trugen. Dann machte er sich an die Arbeit. Als er gerade die dritte Stange befestigte, hörte der Lärm plötzlich auf. Hans sah auf die Uhr. Es war halb fünf. Die Arbeiter hatten ihr Tagewerk vollbracht. Hans seufzte erleichtert und unterbrach für einen Moment seine eigene Arbeit. Auf die Hacke gestützt, lauschte er dem Rauschen der Birkenwipfel im Wind und den Vögeln, die ihre Hymne an den Frühling sangen. In der Ferne donnerte der Ozean, zurückhaltend wie ein alter Brummbär an einem guten Tag. Hans beeilte sich, fertig zu werden, dann sattelte er Morgenstern und ritt los.

Am Strand war alles unverändert. Die Sturmmöwen suchten im Schlamm nach kleinen Fischen und Krustentieren. Die Lachmöwen schimpften und stritten sich um die Nahrung. Das Wasser ließ die Felsen glänzen, und das grüne Gras strahlte im Sonnenlicht. Die Kumuluswolken warfen ihre beweglichen Schatten auf den Ozean.

Hans ließ den Friesen ein paar hundert Meter traben, dann gab er ihm am Ende eines verlassenen Strandes die Zügel frei, beugte sich über den Hals des Pferdes und drückte die Steigbügel nach vorn. Morgenstern erschauerte und fiel in einen schnellen Galopp. Der Reiter und seine Stute verschmolzen im Glück dieser Bewegung ohne Ziel und Zweck. Erst am Ende der Bucht stieg Hans ab.

Nachdem er dem Pferd gedankt und seinen Hals gestreichelt hatte, band er es an der Wurzel eines umgestürzten Baums fest, zog Schuhe und Strümpfe aus, krempelte die Hosenbeine hoch und ging ans Wasser.

Seine Füße versanken im feuchten Sand und hinterließen flüchtige Spuren, sogleich ausgelöscht von heranrollenden Wellen, die den Strand liebkosten, ehe sie zu den Kameraden zurückkehrten.

In der Ferne fuhr ein großer Dampfer vorbei, sicher auf dem Weg in die USA. Um ihn zu sehen, musste Hans seine Augen mit der Hand gegen das Funkeln der unendlichen, silbern wogenden Weite schützen.

Eine schöne Gegend. Ein entlegener Zipfel Europas.

Die Brandung einer kräftigen Welle machte seine Hose nass. Plötzlich hatte Hans Lust zu baden. Da er weder Handtuch noch Badehose dabeihatte, wollte er schon verzichten, doch nachdem er sich mit einem raschen Rundblick überzeugt hatte, dass er allein war, überlegte er es sich anders. Er zog sich eilig aus und stürzte sich ins Meer. Nachdem er ein paar Meter getaucht war, kam er an die Oberfläche und kraulte weit hinaus. Er fühlte sich leicht und immer entspannter.

Als er umkehrte, sah er plötzlich eine Gestalt auf einem Fahrrad auftauchen, absteigen und rasch zum Strand kommen.

»Scheiße!«, fluchte er.

Während er in Richtung Land schwamm, erkannte er Marthe Simonet, die offenbar auch ein Bad nehmen wollte.

»Verdammter Mist«, zischte Hans. Seine Nachbarin mit ihren braven Kleidern und ihrem freundlichen Gehabe und der immer tadellosen, aber langweiligen Frisur war die Letzte, der er in dieser Situation hätte begegnen wollen. Er hatte wohl keine andere Wahl, als im Wasser zu bleiben und einen geeigneten Moment abzuwarten. Also schwamm er weiter.

»Guten Tag!«, rief sie, als sie schon bis zur Taille im Wasser stand. »Ich habe Ihr Pferd erkannt.«

»Guten Tag.«

Sie schwamm auf ihn zu.

»Das ist eine gute Zeit zum Baden, finden Sie nicht?« Wenn der Deutsche auch ein ungehobelter Klotz war, so war dies kein Grund, ihrerseits unhöflich zu sein, sagte sich Marthe.

»Genau«, stimmte Hans zu und entfernte sich ein Stück, damit sie seine Nacktheit nicht bemerkte. »Ich komme oft abends her«, fuhr Marthe fort. »Vor allem im Sommer. Wenn die Strandliebhaber nach Hause gehen. Dann ist es nicht mehr zu warm und man ist ganz allein.«

Fast, dachte Hans und verzog das Gesicht zu einem Grinsen, von dem er nicht wusste, ob es bemerkt wurde.

»Sind Sie gerade erst gekommen?«, fragte Marthe.

»Nicht ganz«, sagte er und tauchte unter, um der Fortsetzung des Gesprächs zu entgehen.

Während er unter Wasser schwamm, suchte er nach einem Ausweg, erkannte aber, dass er in der Falle saß. Er musste warten, bis die Nachbarin wieder gegangen war, obwohl ihm allmählich kalt wurde.

Zu seiner Verzweiflung ließ sich Marthe viel Zeit. Sie schwamm ihre gewohnten Bahnen, sogar noch etwas mehr, dieser frühe Abend war wirklich sehr angenehm. Eine kleine Brise kräuselte die Wasserfläche und erzeugte ein hübsches Plätschern am Ufer. Hans schwamm wieder hinaus und dachte, dass die Nachbarin für ihr Alter erstaunlich gut schwamm. Marthe beendete ihr Bad mit einer Runde Rückenkraulen und entschloss sich endlich, ans Ufer zu gehen.

Überrascht, dass Hans immer noch im Wasser war, rief sie ihm zu: »Kommen Sie noch nicht raus?«

»Nein.«

»Na gut. Aber passen Sie auf, dass Sie sich nicht erkälten. Das Wasser ist noch ziemlich frisch. Es geht schneller, als man denkt.«

»Ich kann nicht raus.«

»Sie können nicht?«

»Nein.«

Marthe nickte und ging über den Strand. Ihre Erziehung verbot ihr, weitere Fragen zu stellen, aber nach einer Minute siegte die Neugier. Sie drehte sich um.

»Warum denn nicht?«

»Weil ich nackt bin«, gestand Hans.

Zu seinem Erstaunen warf Marthe den Kopf zurück und brach in ein fast kindliches Lachen aus.

»Mein armer Freund, Sie müssen ja ganz erfroren sein! Kommen Sie raus. Ich verspreche Ihnen, dass ich mich nicht mehr umdrehe.«

Und wirklich lief sie zu ihrer Kleidung, ohne in seine Richtung zu schauen. Hans folgte ihr mit einigem Abstand und rannte zu seinen Sachen, die er neben Morgenstern zurückgelassen hatte. Er trocknete sich oberflächlich mit seinem T-Shirt ab und zog hastig Unterhose und Jeans an.

»Wollen Sie bei mir eine Tasse Tee trinken, um sich aufzuwärmen?«, fragte Marthe, die sich inzwischen auch umgezogen hatte, wozu sie ein großes Badetuch unter den Achseln verknotete.

Wenn es ein Gebräu gab, das Hans verabscheute, dann

war es Tee. Er war überzeugt, dass er diese Ansicht mit der gesamten männlichen Menschheit teilte, abgesehen vielleicht von den Engländern.

In seinem ganzen Leben hatte Hans, wenn er großzügig rechnete, vielleicht zehn Tassen Tee getrunken und stets unter Umständen, in denen er wirklich nicht anders konnte, wie etwa beim ersten Vorstellungsbesuch bei seinen Schwiegereltern. Anders gesagt, in Fällen höherer Gewalt.

Er deutete ein Lächeln an und erklärte, er müsse sich um Morgenstern kümmern, ihn striegeln und füttern.

»Dann kommen Sie eben anschließend vorbei«, sagte Marthe ungerührt, ergriff den Lenker ihres Fahrrades und wandte sich zum Gehen.

## 21

Als er die Küche betrat, in der sie ein paar Tage zuvor alle zusammengesessen hatten, fühlte sich Hans nicht wohl in seiner Haut. Seine Stimmung hatte sich durch das ungewollt verlängerte Bad und die Aussicht auf eine Stunde höflicher Konversation getrübt. Er hätte jetzt viel lieber in einem Sessel gesessen als auf dieser hellblauen Bank, deren Härte nur durch winzige geblümte Kissen gemildert wurde. Marthe lief in der Küche hin und her. Sie hatte Wasser aufgesetzt und holte zwei blaue Tassen und eine passende Zuckerdose aus dem Geschirrschrank. Jeder Schritt ließ das Parkett knarren.

Sie hatte schon eine Flasche Milch in der Hand und wollte gerade den Kühlschrank schließen, als sie plötzlich fragte:

»Oder hätten Sie lieber ein Glas Weißwein? Ich frage nur, weil Paul, mein Mann, Tee nicht ausstehen konnte.«

Hans' Gesicht hellte sich auf. »Das macht ihn mir sympathisch.«

Kommentarlos drehte Marthe das Feuer unter dem Wasser aus, ersetzte die Tassen durch Weingläser und reichte Hans eine Flasche Quincy und einen Korkenzieher. Nun, da die Bedrohung durch den Tee abgewendet war, fühlte sich Hans etwas besser.

»Ist das Ihr Mann?«, fragte er und wies auf ein Porträt an der Wand, das er bei seinem ersten Besuch nicht bemerkt hatte.

Verblüfft schaute Marthe in die Richtung, in die der Finger wies, und lachte.

»Aber nein, das ist Jawaharlal Nehru.«

»Wie bitte?«

»Der Pandit Nehru.«

Das Knattern eines Motorrads übertönte Marthes Antwort beinahe. Louis Goyat kam auf einer reparaturbedürftigen Maschine von der Arbeit. Marthe verzog kaum wahrnehmbar das Gesicht.

»Aber warum ein Porträt von Nehru und nicht von Ghandi?«, fragte Hans, als der Lärm vorüber war. »Die meisten Menschen würden eher Bilder von ihm aufhängen. Nein, die meisten Frauen würden wohl ihren Mann wählen«, besann er sich und lachte.

»Ich habe einundvierzig Jahre mit meinem Mann gelebt. Ich brauche kein Foto in der Küche, um mich an ihn zu erinnern«, sagte Marthe in etwas schroffem Ton, der ihr sogleich leidtat.

Hans nickte.

»Ich finde, Nehru war ein phantastischer Mensch. Intelligent, schön, kämpferisch, aber in einem positiven Sinn, bereit, sein Leben für seine Überzeugungen zu opfern.« Hans bemerkte amüsiert, dass Marthes Augen zu strahlen begannen.

»Zweifellos.«

»Und dann, wissen Sie, seine Liebesgeschichte mit Lady Mountbatten … Diese beiden Menschen, die gegensätzlicher nicht hätten sein können – sie war da, um die Krone Englands zu vertreten, die er gerade brüskiert hatte.«

Hans wusste nichts von Nehrus Affäre mit der englischen Aristokratin, aber ihn rührte Marthes Begeisterung, erst recht, weil er hätte schwören können, dass sie nie in Indien oder auch nur auf dem asiatischen Kontinent gewesen war. Das passte so gar nicht zu dem Bild, das er von Marthe hatte.

»Zweifellos«, wiederholte er mit einem verschmitzten Lächeln.

Marthe bemerkte es, wurde verlegen und wechselte schnell das Thema.

»Erzählen Sie mir, wie es Sie hierher verschlagen hat«, bat sie, nachdem sie angestoßen hatten. »Kannten Sie die Gegend schon vorher?«

»Nein.«

Hans trank einen zweiten Schluck. Er hätte gern geraucht, traute sich aber nicht zu fragen, ob es erlaubt war.

»Ich bin einfach mit dem Auto gen Westen gefahren. Bis es nicht mehr weiterging. Dann habe ich das Grundstück und mein Boot gefunden.«

»Hatten Sie vorher schon auf einem Boot gelebt?«

»Nein, nie.«

Der Deutsche war zwar nicht sehr redselig, aber auch weniger unsympathisch, als sie gedacht hatte.

»Ich auch nicht. Ich habe noch nie auf einem Boot übernachtet. Das muss lustig sein. Trotzdem haben Sie nach der

Versammlung im Rathaus beschlossen, sich dauerhaft bei uns niederzulassen.«

Er nickte.

»Warum ausgerechnet jetzt, wo alles aus den Fugen gerät?«

»Ich mag es nicht, wenn man mir Vorschriften macht. Ich fühle mich wohl hier. Ich war einen Großteil meines Lebens unterwegs, jetzt möchte ich bleiben.«

»Sie stammen aus Deutschland«, sagte Marthe in der Hoffnung, ihn dadurch zum Erzählen anzuregen, und stellte eine Schale mit Erdnüssen auf den Tisch.

»Ich bin in der Gegend von Königsberg geboren.«

»Ach so.«

Hans Scharnbeck entnahm dem Zögern in ihrer Stimme, dass sie damit nichts anfangen konnte, es aber nicht zugeben wollte.

»Und fahren Sie noch regelmäßig dorthin?«, wollte Marthe wissen, die immer noch stand und nach anderen Knabbereien suchte.

»Nach Ostpreußen?«, fragte Hans mit Unschuldsmiene. Es bereitete ihm zwar kein boshaftes Vergnügen, aber das Gespräch entlockte ihm ein Lächeln. Er hatte dieses Spiel schon so oft gespielt.

»Ja«, sagte sie zerstreut.

»Ich war nie mehr dort. Ostpreußen gibt es nicht mehr, wissen Sie. Heute gehört der Teil zu Russland, an der polnischen Grenze.«

»Ach ja, natürlich«, entgegnete Marthe eilig, verlegen ob ihrer Unwissenheit. In Gedanken versuchte sie sich die Europakarte vorzustellen, aber schon hinter Belgien wurde es etwas vage.

»Ich bin in Quimper geboren«, sagte sie eine Weile später,

um das unangenehme Schweigen zu beenden. Wie albern! Wie kann man so etwas Dummes sagen! Das ist heute nicht mein Tag, dachte sie.

Hans lächelte. Marthe fand endlich ein Glas mit grünen Oliven. Sie versuchte vergeblich, es zu öffnen. Hans nahm es ihr aus der Hand, drehte es um, schlug kräftig gegen den Boden und schraubte es dann mühelos auf.

»Danke. Es ist immer das Gleiche mit diesen Vakuumgläsern. Ich bekomme sie nicht auf.«

»Madame Bihannic, Madame Bihannic!«, erscholl plötzlich Gwendolines Stimme, die die Nachbarin wohl auf der Straße gesehen hatte. Ausnahmsweise trifft es mal nicht mich, dachte Marthe.

»Und was machen Sie dann?«, fragte Hans.

»Ach, ich bitte einen Nachbarn oder meine Tochter, wenn sie da ist. Früher erledigte das natürlich Paul, aber jetzt muss ich allein klarkommen.«

Nachdem sie die Oliven in eine hübsch verzierte Schale gefüllt hatte, setzte sie sich und nahm einen kleinen Schluck Wein.

»Mögen Sie ihn?«, fragte sie und schaute Hans dabei an. Wie üblich hatte er sich seit mindestens fünf Tagen nicht rasiert, seine ursprünglich blonden, jetzt aber stark angegrauten Haare hätten einen Besuch beim Frisör nötig gehabt, und sein T-Shirt war an der rechten Schulter aufgerissen. Darunter erahnte man eine kräftige Muskulatur, wie bei Menschen, die ihr Leben lang körperlich gearbeitet haben. Aber Marthe musste zugeben, dass das wirklich Herausstechende an seiner Erscheinung die blauen Augen waren, die den Gesprächspartner stets eindringlich musterten und ihn leicht in Verlegenheit brachten.

»Wen?«

»Äh, den Wein.«

»Sehr gut.«

Wieder breitete sich das Schweigen aus, bis es zu ihrer beider Erleichterung klingelte. Wie ein paar Tage zuvor stand Virginie mit einem verlegenen Lächeln vor der Tür. Marthe bat sie herein.

Als sie in die Küche trat und Hans erblickte, wich sie sogleich zurück.

»Ach, du hast Besuch! Warum hast du das nicht gesagt? Ich gehe wieder.«

»Du störst nicht«, sagte Marthe, wies auf die Bank und stellte ein Glas vor sie hin.

»Sie wissen sicher, dass Virginie die Stadtbibliothek leitet. Sie ist eine der leidenschaftlichsten Leserinnen, die mir je begegnet sind.«

Hans nickte.

»Und Sie? Lesen Sie auch gern?«

»Meine Frau und ich hatten in Besançon eine Druckerei. Einige der Bücher, die Sie gelesen haben, wurden wahrscheinlich von uns hergestellt.«

So etwas! Marthe sah ihn verblüfft an. Wenn man sie aufgefordert hätte zu erraten, was Hans gearbeitet hatte, hätte sie etwas ganz anderes vermutet.

»Und Sie wollten sie nicht behalten?«

»Nein.«

Marthe goss etwas Wein in Virginies Glas. Sie konnte Scharnbeck nicht weiter ausfragen. Er hatte ihr klar zu verstehen gegeben, dass er sich nicht über sein früheres Leben auslassen wollte. Bedauernd wandte sie sich Virginie zu.

»Ist Louis Goyat auch ein großer Leser?«, fragte sie die Bibliothekarin.

Virginie errötete.

»Er liest nur Fachzeitschriften und Dokumentationen. Er hat nur wenig Zeit zum Lesen. Neben seiner Arbeit und seinem … Hobby.«

»Den Motorrädern?«, fragte Hans.

Sie nickte. Hans trank einen Schluck Wein.

»Haben Sie vielleicht einen Aschenbecher?«, fragte er Marthe dann.

»Ja, natürlich, ich bin unmöglich«, antwortete Marthe und sprang auf. »Ich wusste nicht, dass Sie rauchen, sonst …«

»Es ist eine schlechte Angewohnheit.« Er holte ein Päckchen Craven A aus der Tasche und zündete sich mit dem silbernen Feuerzeug genüsslich die erste Zigarette an.

»Entführen Sie ihn!«, schlug er dann an Virginie gewandt vor.

# 22

»Sag, haben wir nicht zufällig ein Buch über Ostpreußen?«, fragte Marthe Virginie einige Tage später. Die beiden Frauen waren damit beschäftigt, die Kataloge mit den Herbstprogrammen durchzublättern, um ein paar Bestellungen aufzugeben.

»Wie bitte?« Virginie hob erstaunt den Kopf.

»Etwas über Ostpreußen.«

»Das sagt mir nichts.« Sie prüfte es in ihrem Computer nach. »Nein. Tut mir leid. Warum interessierst du dich dafür?«

»Nur so.«

In Wirklichkeit gelang es Marthe nicht, die Scham aus

ihrem Gehirn zu löschen, die sie Scharnbeck gegenüber empfunden hatte. Es war höchste Zeit, die Lücke in ihrer Allgemeinbildung zu schließen.

Seit dem Beginn der Bauarbeiten hatte sie sich angewöhnt, mehr Zeit bei Virginie in der Bibliothek zu verbringen. So musste sie sich während der Stunden des unerträglichen Krachs nicht zu Hause aufhalten und konnte sich wenigstens nützlich machen. Sie verbrachte auch mehr Zeit mit den Kindern, die ihre Hilfe bei den Hausaufgaben benötigten. Amandine machte gute Fortschritte, und Marthe freute sich darüber. Die Kleine war durch ihre schulischen Erfolge wie ausgewechselt. Ihr schelmisches Wesen trat nun deutlich hervor. Oft brachte sie ihre Kameraden zum Lachen und heiterte die Atmosphäre an den Mittwochnachmittagen spürbar auf. Mehr Zeit mit den Kindern zu verbringen war also keine Strafe. Dafür legte Marthe jedoch Wert darauf, am Abend zu Hause zu sein, um so lange wie möglich die Vögel singen zu hören und ihren Garten zu genießen.

Gwendoline Lambert ließ sich niemals sehen, bevor der letzte Bulldozer verstummt war. Sie hatte Türen und Fensterläden geschlossen und lebte im Halbdunkel mit Ohropax in den Ohren.

Madame Bihannic erfüllte wie üblich ihre täglichen Pflichten. Der einzige Unterschied war, dass sie jetzt, gleichgültig, wohin sie ging, Kopfhörer trug, aus denen sanfte, beruhigende Musik erklang.

Hans Scharnbeck arbeitete weiter in seinem Garten, als wenn nichts wäre. Mit einer Gartenfräse hatte er das ganze Grundstück umgegraben. Er hatte ein großes Gemüsebeet vorbereitet und sorgfältig in einzelne Segmente unterteilt. Hatte Tomaten und Kartoffeln gepflanzt, Bohnen und Möhren gesät. Frühlingsblumen in allen Farben säumten kleine Wege, die den Garten durchzogen. Vor seiner Hütte erstreckte sich eine Rasenfläche von makellosem Grün, das Gras war noch zart. Er hatte seine ganze Habe vom Boot in die Hütte getragen, in der er jetzt ständig wohnte. Der höhergelegene Teil seines Grundstücks am Hügel diente der Stute Morgenstern als Weide, die dadurch in der Allée des Pommiers den besten Blick genoss. Hans hatte ihr eine Box gebaut, in der sie die Nacht verbrachte und wohin sie sich tagsüber zurückziehen konnte.

Hin und wieder warf Hans mittags seinen Grill an. Darauf bedacht, den Planierarbeiten, die seinem Grundstück immer näher kamen, den Rücken zu kehren, richtete er den Blick in die Ferne auf das Meer mit seinem unendlichen silbrigen Wogen, während er die Makrelen aß, die er am Morgen gefangen hatte. Er bekam wenig Besuch von den anderen Aufständischen. Obwohl ihr gemeinsamer Kampf sie aneinandergebunden hatte, blieb der wortkarge Ausländer ein Außenseiter. Gwendoline Lambert war ihm gegenüber weiterhin unverhohlen feindselig, und wenn ihr gemeinsames Engagement sie nicht gezwungen hätte, mit ihm zu verkehren, hätte sie nie das Wort an ihn gerichtet.

## 23

»Wir bräuchten einen ständigen Zugang zur Baustelle«, erklärte Scharnbeck beim ersten Treffen mit dem neuen Anwalt, den Ludovic Lambert engagiert hatte. Gegen den Widerstand seiner Frau hatte Ludovic darauf bestanden, dass bei diesem Treffen alle anwesend waren.

»Da wir weiß Gott nicht am längeren Hebel sitzen, können wir jeden gebrauchen, der eine gute Idee hat«, hatte er Gwendolines Einwänden entgegengehalten.

Das Treffen fand an einem Mittwochabend im großen Wohnzimmer der Lamberts statt. Maître Robinson war extra angereist, um einen Blick auf die Örtlichkeiten und die Entwicklung der Arbeiten zu werfen.

»Warum das?«

»Weil wir dann jederzeit nachsehen können, was auf der anderen Seite des Bauzauns vor sich geht, zum Beispiel.«

Marthe runzelte die Stirn und fragte sich kurz, was dieses »zum Beispiel« bedeutete, aber sie sagte nichts.

»Wenn einer von Ihnen ein Grundstück jenseits der Baustelle besäße, wäre das möglich.«

»Ein Teil des Wäldchens von Saint-Mellec, direkt hinter der Baustelle, gehört meinem Bruder«, ließ sich Gwendoline vernehmen. »Er holt dort Holz und verkauft es auch.«

»Wäre Ihr Bruder bereit, Ihnen dieses Grundstück abzutreten?«

»Gegen eine Entschädigung sicher.«

»Wie gelangt man zu diesem Grundstück?«

»Von hier aus ist es schwierig, weil man um das ganze Gelände herumfahren muss, das zum Freizeitpark werden soll. Das Wäldchen ist von bestelltem Land umgeben.«

»Ja, da hat der alte Jean seine Felder«, bestätigte Ludovic. »Er baut Weizen und Mais an. Ich warne Sie, er ist nicht gerade einfach.«

»Umso besser«, sagte Maître Robinson. »Ein Grund mehr, ein Wegerecht zu verlangen.«

»Ich verstehe nicht, wozu das gut sein soll«, gestand Madame Bihannic.

»Wenn wir ein Wegerecht durch das Gelände des künftigen Freizeitparks erhalten, können sie das Grundstück nicht abschließen. Madame Lambert muss jederzeit Zugang zu ihrem Grund und Boden haben. Und das ist natürlich unangenehm für den Betreiber. Für uns ist es jedoch ein guter Anfang. Außerdem erhalten wir natürlich die Klage auf Annullierung der Baugenehmigung aufrecht.«

Marthe lächelte. Der Elan des jungen Anwalts war rührend. Mit seiner runden Brille, dem lebhaften Blick und dem dichten Haar erinnerte er sie ein wenig an Aurélien, der immer bereit war, sich mit allen zur Verfügung stehenden Mitteln für eine gute Sache einzusetzen, auch wenn er dafür ans andere Ende der Welt fahren musste.

»Man könnte vielleicht einen Verein gründen und an Markttagen einen Infostand betreiben, um mehr Menschen auf unsere Seite zu ziehen«, schlug Madame Bihannic vor, als der Anwalt gegangen war.

»Das ist eine sehr gute Idee!«, ermutigte Marthe sie. »Ich glaube, eine Vereinsgründung ist gar nicht so schwierig. Ich werde Virginie fragen, sie kennt sich damit aus.«

Virginie stürzte sich mit dem Eifer ihrer Jugend in das Projekt. Sie recherchierte im Internet, telefonierte mit der Präfektur und traf sich mit Mitgliedern anderer Vereine, bis sie eine Satzung erarbeitet hatte, die genau ihren Bedürfnissen entsprach. Bei der Verteilung der Posten gab es ein Hin und Her. Da die Idee von Sabine Bihannic stammte, wäre es logisch gewesen, ihr den Vorsitz des Vereins zur Rettung des Pommiers-Viertels anzutragen. Aber auf diesem Ohr war Gwendoline Lambert taub. Sie fand, ihr Mann sei eindeutig am besten geeignet, diese bedeutende Rolle wahrzunehmen. Bei ihrer Argumentation tauchte in so manchem Nebensatz die Feststellung auf, dass das Ehepaar Lambert schließlich die Kosten für die rechtliche Beratung trage. Auch Ludovics Hochschuldiplom und der leitende Posten in seinem Unternehmen erschienen ihr maßgeblich.

Weil seine Frau mit solchen Argumenten ausgebootet wurde, war Arthur Bihannic kurz davor, dauerhaft zu schmollen. Da rettete Ludovic Lambert die Situation mit der Erklärung, er habe ohnehin nicht genug Zeit, eine solche Verantwortung zu übernehmen, stehe aber als Zweiter Vorsitzender zur Verfügung. Hans Scharnbeck schlug Marthe als Schatzmeisterin vor, sie wandte jedoch ein, Louis Goyat, der in der Filiale des Crédit Agricole von Plouerbec arbeitete, sei für diesen Posten viel besser geeignet. Dafür schlug sie nachdrücklich Virginie, die bereits hervorragende Arbeit geleistet hatte, als Schriftführerin vor. Die anderen Mitglieder waren nicht scharf auf diese Aufgabe, die sie sich aufwändig und undankbar vorstellten, und widersprachen nicht. Die Satzung des Vereins zur Rettung des Pommiers-Viertels mit einem schönen roten Apfel als Logo, den Louis Goyat in einer müßigen Stunde in der Bank gezeichnet hatte, wurde am 21. Juni in der Präfektur hinterlegt.

## 24

Marthe war dickköpfig. Wenn sie etwas wollte, setzte sie alles daran, es zu bekommen. In zwei Buchhandlungen der Umgebung, die sie, den starken Windböen trotzend, mit dem Fahrrad aufgesucht hatte, war sie erfolglos gewesen. Aber das war für sie noch lange kein Grund aufzugeben.

Schließlich hatte sie in der größten Buchhandlung von Lorient angerufen, um das Buch, das sie suchte, zu bestellen.

»Ostpreußen?«, hatte der Angestellte ungläubig nachgefragt. »Das gibt es doch gar nicht mehr, *chère Madame*.«

Wenn Marthe etwas hasste, dann war es, dass jemand sie *chère Madame* nannte.

»Denken Sie, das weiß ich nicht, *cher Monsieur*? Es muss doch trotzdem Bücher darüber geben.«

Der Angestellte, dem klar wurde, dass er diese Kundin nicht ohne weiteres würde abwimmeln können, schaute widerwillig im Internet nach. »Bleiben Sie bitte dran.«

Marthe, die in Pauls Arbeitszimmer saß, übte sich seufzend in Geduld. Sie hatte alle Fenster geschlossen, weil der von der Baustelle herüberdringende Lärm sonst jegliches Telefongespräch verhindert hätte.

»Es gibt mehrere Werke auf Deutsch«, teilte ihr der Buchhändler nach ein paar Minuten mit. Er wollte sich wohl über sie lustig machen!

»Das nutzt mir nichts. Suchen Sie bitte weiter.«

»Es gibt ein einziges Buch auf Französisch. Eine Art Reiseführer offenbar. Ich kann versuchen, ihn für Sie zu bestellen.«

»Das wäre ausgesprochen freundlich von Ihnen«, hatte Marthe geantwortet.

Jetzt saß sie im Bus, der sie nach Lorient brachte. Marthe war unruhig. Seit mehreren Tagen schon dachte sie über ein Mittel nach, Geld für ihren Verein einzutreiben. Die Standmiete auf dem Marktplatz und der Druck der Flugblätter waren teuer. Zwar hatte Gwendoline erklärt, sie käme für die Kosten auf, aber Marthe fand, dass diese einseitige Finanzierung der Frau des Ingenieurs zu viel Einfluss verschaffte und die anderen gezwungenermaßen in Abhängigkeit brachte. Draußen zogen Felder und Wiesen vorbei, auf denen friedlich Kuhherden weideten. Hier und da sah man auch Pferde und Schafe.

Plötzlich schoss Marthe eine Idee durch den Kopf. Schafe gaben Wolle. Mahatma Gandhi hatte Baumwolle gesponnen, um seine eigenen Kleidungsstücke und die seiner Gemeinschaft herzustellen. Alle Mitglieder des Kongresses waren verpflichtet worden, mindestens eine Stunde am Tag zu spinnen. Das Spinnrad war sogar zum Symbol des Kampfes für die Unabhängigkeit geworden! Warum strickte sie nicht? Sie konnte auf dem Markt am Stand ihres Vereins Pullover verkaufen.

Schwerbeladen kam sie aus Lorient zurück. Außer ihrem wertvollen Buch enthielten ihre Taschen Wolle. Viel Wolle für drei Pullover. Rot wie das Logo ihres Vereins und die Revolution. Im Laden hatte sie beschlossen, ausschließlich rot zu stricken. Noch am selben Abend machte sich Marthe ans Werk.

## 25

Auf der Promenade oberhalb des Strandes, einige Meter vom Eingang des Grand Hôtel entfernt, herrschte buntes Treiben. Am Vortag waren Schausteller gekommen und hatten ein zweistöckiges Karussell aus dem 19. Jahrhundert mit Holzpferden und ländliche Szenen darstellenden Kulissen aufgebaut. Jetzt drehte es sich im Rhythmus des Bal Musette. Eine rauchige Frauenstimme besang die Freuden der

Jugend und der Liebe, das tragische Ende der tugendlosen Mädchen und das Elend der Armen. Die hübsch bemalten Pferde glitten unablässig auf und ab, eine stete Jagd, angetrieben von immerfort wechselnden Reitern. Verzaubert standen die Kinder von Plouerbec vor diesem Schauspiel. Sie beneideten die Sprösslinge der Touristen, die manchmal drei- oder sogar viermal fahren durften, während sie sich meist mit zweimal zufriedengeben mussten.

Die kleine Amandine starrte gebannt auf ein schwarzweiß geschecktes Pony mit einem grünen Sattel, das an ihr vorbeizog, die lockige Mähne wehend in einem ewigen Wind. Sie hatte ihre Fahrt schon lange hinter sich, war als eine der Ersten auf dem Platz erschienen, noch bevor das Karussell begonnen hatte, sich zu drehen.

Sylvie hatte sie zum Mittagessen abgeholt, aber gleich danach war Amandine erneut mit zwei Freundinnen losgezogen, um unermüdlich ihr Pferd zu bewundern. Sie träumte, sie wäre eine Prinzessin in einem fernen Land, das sie auf dem Rücken ihrer Stute – auf der Suche nach dem Märchenprinzen durchstreifte.

Alle halbe Stunde legte ihre Mutter ihre Arbeit zur Seite und rannte die zweihundert Meter, die ihren Laden vom Platz trennten, um einen Blick nach den Mädchen zu werfen, aber jedes Mal fand sie sie am selben Platz, eng aneinandergeschmiegt, die Augen starr auf das Karussell gerichtet. Sie überhäufte sie mit guten Ratschlägen, bevor sie ebenso schnell wieder in die andere Richtung lief, zurück zu ihren Näharbeiten.

Gegen drei Uhr kam Scharnbeck aus dem Tabakladen, wo er eine Stange Zigaretten gekauft hatte. Bevor er in sein Auto stieg, machte er für einen Augenblick vor dem Karussell halt und hörte den alten Liedern zu. Der Musik, die vom

Frankreich vergangener Zeiten erzählte, wie er es vierzig Jahre zuvor noch selbst erlebt hatte. Ohne sie wirklich zu mögen – solche Schnulzen waren nicht gerade seine Lieblingsmusik –, weckten sie doch Erinnerungen in ihm an die Unbeschwertheit nach all den Hundejahren, an die raschelnden, schwingenden Unterröcke und das Kichern der Französinnen, die genauso froh waren wie er, dass die dreckigen Jahre vorüber waren. Ja, er sei Deutscher, antwortete er auf ihre Fragen. »Verflixt, wie alt bist du denn?« Und dann rechneten sie im Kopf nach. Zu jung, um schuldig zu sein an den schlimmen Gräueltaten. Er hatte die Erleichterung in ihren Augen aufblitzen sehen, und sie hatten ihn Jeannot genannt, weil »Hans« wirklich unaussprechbar war. Er sah gut aus. Er war jetzt ihr Deutscher, mit dem die Aussöhnung zärtlich verlaufen konnte. Sie war letztlich gar nicht so schwierig, die Aussöhnung.

Die französischen Männer hatten dieselbe Rechnung mit weitaus größerem Widerstand aufgestellt. Ein *Boche* war ein *Boche*. Es würde Zeit brauchen, viel Zeit, bevor man ihn einen Deutschen nennen konnte.

Hans' Blick fiel auf eine Gruppe von drei Mädchen, die wie hypnotisiert dem Reigen der Holzpferde zusahen. Hatte er nicht eine von ihnen, eine kleine braungebrannte Blondine, schon einmal auf der Schaukel in Madame Simonets Garten gesehen? Er wartete. Die Mädchen rührten sich nicht von der Stelle. Die anderen Kinder stiegen glücklich auf das Karussell, und die drei saßen verlassen auf ihrer Bank und warteten auf etwas, das nicht kommen würde. Plötzlich stieg aus der Tiefe von Hans' Erinnerungen ein anderer Sommer hervor, ein anderes Fest und das strahlende Gesicht seiner Schwester.

»Mama, bitte noch einmal. Bitte!«

»Magda, du bist jetzt schon dreimal gefahren.«

»Ach bitte, bitte!«

Hans überlegte nicht mehr. Er ging auf das Häuschen zu und kaufte der Schaustellerin mit den langen lackierten Fingernägeln etliche Marken ab. Dann verteilte er seinen Schatz unter den verdutzten Mädchen.

»Na, nun lauft schon!«

Sie berieten sich mit einem kurzen Blick, sprangen dann auf und rannten auf das gerade stehengebliebene Karussell zu.

»Langsam!«, rief er ihnen nach, aber jede von ihnen hatte sich schon auf das Pferdchen geschwungen, das sie sich seit Stunden ausgeguckt hatte.

Gerade in diesem Augenblick tauchte Sylvie auf ihrem nächsten Inspektionsgang auf und erbleichte, als sie feststellte, dass Amandine und ihre Freundinnen nicht mehr auf der Bank saßen. Fassungslos schaute sie nach rechts und links, rannte um das Karussell herum und befragte die Umstehenden, bis ihre Tochter sie sah, die fröhlich winkend rief: »Mama! Schau mal! Mama!«

Als die Runde zu Ende war, zwang Sylvie die Mädchen, sofort abzusteigen.

»Wir haben aber noch Marken«, protestierten sie.

»Wo kommen die her?«

Amandine zeigte auf Hans, der ihnen kurz zunickte.

»Monsieur, Sie haben kein Recht –«

Hans unterbrach sie. »Sie wollten so gern fahren.«

»Ich kenne Sie nicht einmal.« Dann wandte sie sich ihrer Tochter zu. »Und habe ich dir nicht gesagt, du sollst nie etwas von Fremden annehmen?«

Die Kleine musterte verlegen ihre Schuhspitzen.

»Wann wirst du mir endlich gehorchen? Ich gebe mir alle

Mühe und wiederhole alles tausendmal. Aber du machst, was dir gerade durch den Kopf schießt.«

Von Sylvies schrillem Schreien alarmiert, drehte sich Marthe, die gerade ihr Fahrrad an ein Geländer anschloss, um und sah, wie die Näherin ihr Kind heftig ausschimpfte. Hans Scharnbeck schien etwas erklären zu wollen. Marthe trat näher.

»Was ist denn hier los?«, fragte sie.

»Dieser Herr …« – Sylvie zeigte auf Scharnbeck – »… hat den Kindern Tickets fürs Karussell gekauft. Viele Tickets. Ein fremder Mensch, den ich noch nie im Leben gesehen habe. Und sie haben sie natürlich angenommen, obwohl ich meiner Tochter schon hundertmal erklärt habe, wie gefährlich das ist und dass man sich vor Fremden hüten muss.«

Marthe schaute auf Hans, der mit einer Zigarette in der Hand hilflos die Achseln zuckte. Mit seinem Fünftage-Bart und den struppigen Haaren sah er in der Tat nicht sehr vertrauenerweckend aus.

Marthe musste lächeln. »Aber Sylvie, du kennst doch Hans Scharnbeck. Er ist mein Nachbar. Das war bestimmt nur gut gemeint.«

Sylvie nickte kurz mit dem Kopf und ging dann fort, ohne auch nur das Wort an ihn zu richten.

# 26

Eine Masche rechts, eine Masche links. Gwendoline Lambert das Stricken beizubringen war keine Kleinigkeit. Sie war völlig unbegabt. Marthe hatte ihr gezeigt, wie sie die Maschen aufnehmen musste, und hatte ihr beim Zählen geholfen, aber Gwendoline verlor ständig welche und verwechselte die rechten und die linken, die das Motiv ausmachten. Alle drei Minuten rief sie Marthe zu Hilfe, aber das Allerlästigste war, dass sie in einem fort meckerte.

»Ich sehe wirklich nicht ein, wozu das gut sein soll. Ich habe Ihnen doch schon gesagt: Ich übernehme die Kosten. Warum soll ich mich abrackern und Pullis stricken, die sowieso niemand kauft, wenn es so viel einfacher ist, einen Scheck auszustellen?«

Geduldig erklärte Marthe ihr, dass der Verein unabhängig sein müsse und dass es zudem wichtig sei, die lokale Produktion anzukurbeln. »Die Wolle stammt von Schafen aus der Gegend. Sie werden auf dem Hof geschoren, dann wird die Wolle bei einem Subunternehmen in Saint-Mellec gewaschen und entfettet. Das Beste wäre, wenn wir die Wolle selbst kämmen und spinnen würden. Ich habe daran gedacht, aber …« Sie brachte ihren Satz nicht zu Ende.

»Also, das kommt überhaupt nicht infrage! Stricken ist gerade noch vertretbar, aber Wolle spinnen … Nur über meine Leiche, Madame Simonet. Sie wissen, wie sehr ich Sie schätze. Wenn das kein Beweis ist.« Sie hob ihre drei gestrickten Reihen hoch. »Aber was zu viel ist, ist zu viel.«

Marthe unterdrückte einen Seufzer.

Sabine Bihannic stellte sich geschickter an. Ihr erster Pullover lag nach zwei Wochen fertig da. Virginie gab sich ebenfalls große Mühe. Ihr erster Versuch war ein wenig missraten, denn anfänglich hatte sie die Maschen zu fest gezogen, und danach waren sie zu weit. Dadurch hatte der Pullover eine eigentümliche Form erhalten, aber sie ließ sich nicht entmutigen. »Den hier trage ich selbst«, erklärte sie und machte sich unverzüglich an ein neues Werk.

Zur allgemeinen Überraschung war Madame Goyat am produktivsten. Sie strickte stumm und entschlossen, als hätte sie in ihrem ganzen Leben nie etwas anderes getan.

Marthe versuchte auch die Männer für ihr Unterfangen zu gewinnen, obwohl sie ahnte, dass es verlorene Liebesmüh war. Aber ihr schien der Moment gekommen, wo man alles wagen musste.

»Ich versichere Ihnen, das ist nicht nur eine Arbeit für Frauen. Ich weiß nicht, wieso es für einen Mann entwürdigend sein soll, einen Pullover zu stricken.«

Monsieur Lambert nickte besonnen mit dem Kopf. »Ich würde es wirklich liebend gern tun«, behauptete er, »aber leider bin ich durch meine Arbeit schon völlig ausgelastet.«

»Das ist ja wie Makramee in den Pyrenäen – nicht mein Ding«, lachte Monsieur Bihannic höhnisch, was ihm einen strafenden Blick von seiner Frau einbrachte.

Armand Goyat erklärte, er habe nach dem Bruch noch starke Schmerzen im Arm, was ihn für körperliche Arbeiten jeglicher Art untauglich mache. Hans Scharnbeck schaute Marthe nur in die Augen, ohne den geringsten Kommentar abzugeben.

Aber Marthe ließ sich nicht aus der Fassung bringen. Sie verkaufte ihren ersten roten Pullover am Samstag, dem 7. Juli, auf dem Markt an einen englischen Touristen. Dieser Tag wurde für sie zum Festtag. Von dem Erlös erstand sie neue Wolle und Lebensmittel für den Verein. Sie kochte ihr berühmtes Risotto mit Flusskrebsen, das sich alle Mitglieder schmecken ließen.

# 27

Vom Küchenfenster aus sah man den Kirschbaum, dessen Zweige vom Wind gezaust wurden, und ein elegantes Stieglitzpaar, das Fangen spielte und dabei den Sommer besang. Marthe stellte einen Aschenbecher auf den Tisch, öffnete den Kühlschrank und holte eine Flasche Quincy heraus. Hans lächelte. War das der Beweis, dass sie ihn erwartet hatte?

»Ich habe immer eine Flasche im Eisschrank«, sagte sie, als hätte sie seine Frage erraten. »Mein Schwiegersohn trinkt gern ein Glas. Claire aber auch. Und Aurélien, wenn er kommt. Aber er arbeitet in Mali, deshalb sehe ich ihn nicht oft. Haben Sie Kinder?«

Wie beim ersten Mal reichte Marthe ihm den Korkenzieher und die Flasche.

»Nein. Meine Frau und ich konnten keine bekommen.«

Marthe wusste nicht, was sie darauf sagen sollte. »Ist Ihre Frau schon lange verstorben?«, fragte sie schüchtern.

»Bald fünf Jahre.«

Sie nickte. »Eine Krankheit?«

»Krebs.«

»Oh, das tut mir leid.«

Die Abendbrise trug den Gesang der Stieglitze in die Küche.

Hans goss Wein ein und zündete sich eine Zigarette an. »Die kleine Virginie ist wirklich nett.«

»Oh, gestern hat sie geweint. Eigentlich dürfte ich es Ihnen nicht erzählen, weil ich versprochen habe, es für mich zu behalten, aber es tut mir weh, sie so verzweifelt zu sehen.«

»Warum? Liebt Louis sie nicht?«

Als hätte er den Moment abgepasst, dröhnte die Bugatti des jungen Goyat um die Kurve. Hans lächelte über diesen Zufall. Marthe war zu sehr mit den Sorgen ihrer jungen Freundin beschäftigt, um es zu bemerken.

»Das kann man so nicht sagen. Sie haben sich schon vor ein paar Monaten kennengelernt und sind ein paar Mal zusammen ausgegangen, aber er ist immer mit seinem Vater und der Reparatur seiner Maschinen beschäftigt. Jedes Wochenende.«

»Sie sollte sich in einen anderen verlieben«, befand Hans.

»Das habe ich ihr auch gesagt, aber es funktioniert nicht auf Bestellung, oder?«

»Manchmal schon.«

Mit einem verlegenen Lächeln reichte Marthe ihm ein Gläschen mit Tapenade zum Öffnen.

»Geben Sie mir ein Messer. Ich werde Ihr Leben revolutionieren.«

Erstaunt kam sie der Aufforderung nach.

»Sehen Sie her.« Er schob die Messerspitze zwischen Deckel und Glas, fand einen Druckpunkt, und schon machte es »plopp«, ohne jeden Kraftaufwand.

Hans gab ihr das Glas zurück. »Haben Sie gesehen? Ein Kinderspiel. Schade, dass es Ihnen noch nie jemand gezeigt hat. Sie hätten viel Energie und Zeit gespart.«

Marthe begnügte sich damit, ihn mit hochgezogenen

Augenbrauen anzuschauen, dann nahm sie die Tapenade und begann, getoastetes Brot damit zu bestreichen. Hans bat um ein zweites Messer und half ihr.

»Ich bin in einer Welt aufgewachsen, in der Männer den Frauen gern solche Gefallen tun. Sie nennen das Galanterie«, sagte Marthe.

»Davon habe ich schon mal gehört.« Hans sprach undeutlich, weil er den Mund voll hatte. »Aber Galanterie ist die eine Sache, Abhängigkeit eine andere.«

Niemand hatte es je gewagt, so mit ihr zu reden.

»Ich habe mein ganzes Leben lang gearbeitet, lieber Monsieur Scharnbeck, und ich habe zwei Kinder großgezogen. Ich bin noch nie von jemandem abhängig gewesen«, erwiderte sie.

»Schön.«

Seine Antwort klang nicht sehr überzeugt. Marthe war wütend, aber sie war außerstande, einen Streit anzufangen. Also beschränkte sie sich darauf, mit heftigen Bewegungen weiterzuschmieren.

»Haben Sie schon mal etwas Verrücktes gemacht? Außer der Strickerei, meine ich.« Jetzt lachten seine Augen unverhohlen.

»Was meinen Sie damit?«

»Zum Beispiel eine Reise um die Welt oder einen sündhaft teuren Sportwagen kaufen. Was auch immer.«

»Ich kann nicht Auto fahren, was nutzt mir da ein Sportwagen?«

»Sehen Sie. Ich sag's doch.«

»Ich habe nie einen Führerschein gebraucht.«

»Absurd.«

Hans Scharnbeck war ohne Zweifel der ärgerlichste Mensch, der ihr in ihrem Leben untergekommen war.

»Ich bin sicher, dass Sie so oft auf andere gehört haben, dass Sie Ihre eigenen Wünsche gar nicht kennen. Wissen Sie wenigstens, worauf Sie wirklich Lust haben?«

Marthe wollte all die Dinge aufzählen, die sie hätte tun wollen und für die nie Raum und Zeit gewesen war, aber sie schwieg.

»Sehen Sie«, fuhr er fort, ohne sich von Marthes verschlossenem Gesicht beirren zu lassen. »Wenn man erst einmal anfängt, auf die anderen zu hören, ist alles zu spät. Wollen Sie wissen, was man mir mal beibringen wollte?«, fragte er nach kurzem Zögern.

Hin- und hergerissen zwischen der Lust, ihn hinauszuwerfen, und einem Anflug von Neugierde, nickte Marthe schließlich mit dem Kopf.

»Den Fuß so aufzusetzen, dass sich die Schuhsohlen weniger schnell abnutzen.«

Marthe riss die Augen auf. Sie nahm ihr Strickzeug, das auf einem Ziertischchen neben dem Fenster lag, und fing an zu stricken.

»Nach dem Krieg hatte mich meine Cousine aufgenommen, die gerade einen Buchhalter geheiratet hatte. Weil ich erst vierzehn war und sie vermutlich die einzige verbliebene Angehörige war, hatte ich keine Wahl. Sie übrigens auch nicht, denn sie waren sicher nicht begeistert, einen Teenager in ihre Zweisamkeit eindringen zu lassen. Meine Cousine wohnte mit ihrem Mann – er hieß Oskar – in Köln. Oskar war nicht schön und nicht hässlich, ganz nett, eine ehrliche Haut. Sein größter Trumpf bestand darin, dass er sehr in meine Cousine verliebt war. Sein größter Nachteil war hingegen seine Knauserigkeit. Zu seiner Verteidigung muss man hinzufügen, dass sie nicht viel Geld hatten.«

Marthe legte den Pullover beiseite und füllte die Gläser, ohne die Augen von Hans zu lösen.

»Sobald er von der Arbeit kam, machte er jeden Tag seine private Buchhaltung und kontrollierte die Rechnungen, die ihm Marianne auf den Schreibtisch legte. Und irgendwann verkündete er, der Schuhmacher bereichere sich auf unsere Kosten, weil wir unsere Schuhe zu schnell abnutzen würden. Am Abend rief er Marianne und mich zu sich. Er baute sich vor uns auf und zeigte uns, wie man laufen muss, um die Sohlen zu schonen.«

Hans stand auf und begann durch die Küche zu gehen, wobei er den Fuß ganz aufsetzte, ohne dass der Absatz zuerst den Boden berührte. Dafür musste er den Oberkörper vorbeugen und den Hintern rausstrecken.

Marthe lachte.

»Als ich sah, dass sich meine Cousine vom nächsten Tag an tatsächlich diese Gangart angewöhnte, um ihrem Oskar eine Freude zu machen, bin ich abgehauen.« Hans setzte sich wieder. »Ich wollte lieber in der Fabrik arbeiten, als wie ein Bescheuerter herumzulaufen.«

Die Episode, die Hans ihr erzählt hatte, war zwar lustig, aber Marthe konnte Parabeln nicht leiden. Ob es nun die Bus-Geschichten ihres lieben Paul oder die Schuhsohlen von Scharnbeck waren – die Männer setzten immer solch eine überlegene Miene auf, wenn sie ihr etwas beibringen wollten. Sie hatte schon verstanden.

»Wenn man ohne Familie aufwächst, ist es leichter, sich aus den Zwängen seiner Erziehung zu befreien, nicht wahr?«, entgegnete sie.

Im selben Augenblick taten ihr ihre grausamen und ungehörigen Worte leid.

»Ja. Das ist der einzige Vorteil, den man als Waise hat«,

gab Hans mit entwaffnender Offenheit zu, und Marthe kam sich noch schäbiger vor. Um ihre Verlegenheit zu verbergen, ergriff sie wieder ihr Strickzeug und beugte sich über die Nadeln.

»Und wo haben Sie reiten gelernt? Ich kenne wenige Menschen, die es so gut können wie Sie«, sagte sie in versöhnlichem Ton.

»Als mich mein Vater zum ersten Mal auf ein Pferd gesetzt hat, war ich drei. Und als ich Morgenstern sah, konnte ich nicht widerstehen.«

»Das verstehe ich gut. Er ist wunderbar.«

»Es ist eine Stute, aber ich habe sie trotzdem so genannt wie mein erstes Pferd, das mir mein Vater zum zwölften Geburtstag geschenkt hat. Ich war sehr stolz.«

Seine Augen starrten in die Ferne. Er hatte Marthes Küche gerade ebenso vergessen wie die Bretagne und ihren Widerstand gegen den Freizeitpark.

»Ich habe immer poetische, hochtrabende Pferdenamen gemocht«, fuhr er dann fort und kehrte zu Marthe zurück. »Tunesischer Traum, Morgenröte, Aquarell, Misty Blue, Tutti Frutti, Tornado, Trouble Fête, Golden Eye, Color of the Night.«

»Und ich mag die Rosennamen gern«, warf Marthe ein. »Feuerzauber, Baltik, Quatre Saisons, Acapella, Bolero, Diablotin, Polka, Madame Butterfly, Papillon, Black Magic, Souvenir de Malmaison. Manchmal habe ich ein Rosenstöckchen gekauft, nur weil ich den Namen verlockend fand.«

»Das verstehe ich. Ein Name kann die Tür zu einer ganzen Welt öffnen. Seit ich erwachsen bin, habe ich überall, wo ich lebte, die Ergebnisse der Pferderennen verfolgt, bloß um mich an den Namen der Tiere zu berauschen. Der Tag war gerettet, wenn ich solche Sätze im Radio hörte:

›Mistinguette ist die Favoritin im Rennen dieses Nachmittags, aber sie hat einen ernstzunehmenden Konkurrenten in Stahlnerv, der am letzten Sonntag das Rennquintett von Auteuil gewonnen hat.‹ Oder: ›Wir müssen auch auf Rising Sun achten, der ein würdiger Sohn seiner Mutter Liebesblitz ist.‹«

Marthe lachte über seine Imitation eines Sportreporters.

»Die Wetten interessieren mich nicht besonders. Die Welt der Jockeys, der Ställe mit ihren Intrigen, ihrem Klatsch und ihrer Niedertracht lässt mich völlig kalt. Ich kann mir nicht vorstellen, dass ich zum Wiegen der Reiter gehe oder stundenlang über diese oder jene Trainingsmethode diskutiere. Ich habe mich auch nur selten in die fiebernde Rennplatzatmosphäre gewagt, obwohl ich deren Reiz nachvollziehen kann. Ich mag vor allem den direkten Kontakt mit dem Pferd, diese Vertrautheit, die man sich verdienen muss. Mensch und Reiter, Leib an Leib – da darf man sich keinen Patzer leisten.«

»Ich verstehe«, sagte Marthe nur. Noch nie hatte sie ihn so lange und mit solcher Leidenschaft reden hören.

# 28

*Ostpreußen erlangte seinen Namen im Zuge der ersten polnischen Teilung 1772. Nach der Gründung des Deutschen Kaiserreiches 1871 wurde es zum östlichsten Landesteil Deutschlands, war aber von diesem zwischen 1920 und 1939 durch den polnischen Korridor geographisch abgetrennt. Das an der Ostsee liegende Königsberg war die Hauptstadt*

*Ostpreußens. Ursprünglich bevölkert von verschiedenen ethnischen Gruppen baltischer Sprache, setzte sich in Ostpreußen zwischen dem 13. und dem 18. Jahrhundert die deutsche Sprache durch.*

Ihre Lesebrille auf der Nase, blätterte Marthe zur ersten Seite des Buches zurück, um noch einmal einen Blick auf die Karte zu werfen, die dort abgedruckt war. Ohne diese geographische Unterstützung war alles völlig unverständlich. Sie versuchte sich die Namen der Orte und ihre Lage einzuprägen, bevor sie mit einem leisen Seufzer weiterlas.

Im selben Moment brach Ludovic Lambert in seinem Büro in hellen Jubel aus. Maître Robinson hatte ihn soeben angerufen, um ihm mitzuteilen, dass sie das Wegerecht erhalten hatten. Es bedeutete vielleicht nicht viel, aber es war ihr erster Sieg. Und jeder erste Sieg schmeckt nach Jugend. Als er nach Hause kam, nahm er seine Frau in den Arm und tanzte mit ihr einen Walzer zu der Musik, die in seinem Kopf erklang. Sie bewegten sich durch den Salon und stießen dabei ein Tischchen um, auf dem eine Fransenlampe stand. Als sie atemlos innehielten, ging Ludovic in die Küche und öffnete eine Flasche Champagner, die immer im Kühlschrank bereitstand, falls es etwas zu feiern gab. Auch die Blasen in den Kristallkelchen begannen zu tanzen, und der Abend endete mit einer leidenschaftlichen Umarmung.

Zwei Tage später entfernte eine Planierraupe ein Element des schweren Metallzauns, der die Baustelle umgab, und die Bauarbeiter setzten stattdessen eine Tür ein. Alle Bewohner der Allée des Pommiers, die nicht bei der Arbeit waren, wohnten dieser Veränderung bei.

»Ich hoffe, Sie sind zufrieden«, sagte der Baustellenleiter nach Abschluss der Operation herablassend.

»Durchaus«, antwortete Gwendoline Lambert mit strahlendem Lächeln. »Vielen Dank.«

»Deswegen dürfen sie aber keineswegs nach Belieben über die Baustelle spazieren. Sie können nur außerhalb der Arbeitszeit durchgehen und müssen den kürzesten Weg zu Ihrem Grundstück nehmen.«

»Ich weiß. Aber es tut mir richtig leid, wie viel Mühe Sie sich für etwas geben, das am Ende doch abgerissen wird, weil wir unseren Prozess gewinnen werden.«

Maître Robinson hatte ihr erklärt, dass das Gericht den Abriss sogar noch fünf Jahre nach Fertigstellung der Arbeiten anordnen konnte, falls sie siegen würden.

»Das würde mich wundern«, antwortete der Mann. »Wobei es mich eigentlich nichts angeht. Ich mache nur meine Arbeit.«

»Tun Sie das, Monsieur. Wir werden Sie nicht länger davon abhalten.«

Sogleich setzten die Bulldozer ihr lärmendes Ballett fort, und auch die Bewohner der Allée des Pommiers gingen ihren gewohnten Beschäftigungen nach.

In der Abenddämmerung jedoch, als die Maschinen schon lange verstummt waren und die Stille über das große, umgepflügte Gelände herrschte, trafen sie sich am selben Ort zu einem kleinen Inspektionsgang.

In Gummistiefeln betraten sie nacheinander die Baustelle. Die Vereinspräsidentin ging voran, gefolgt vom Vizepräsidenten und Gwendoline. Virginie, von Louis Goyat benachrichtigt, beschloss den Zug.

»Seid vorsichtig«, flüsterte Sabine Bihannic und drehte sich um. »Man darf uns nicht sehen.«

»Was stört uns das?«, rief Georges Maréchal laut. »Wir tun nichts Verbotenes. Wir holen Holz.«

»Alle zusammen?«

»Natürlich, das Holz ist schwer. Wir sind völlig legal hier.«

Gwendoline, die bester Laune war, kicherte los.

»Ich weiß nicht …«, gab Madame Bihannic besorgt zu bedenken.

»Verdammt!«, rief der alte Goyat. »Ich wusste nicht, dass sie schon so weit sind!«

Sie stellten fest, dass dicht neben dem Garten von Hans Scharnbeck bereits das Fundament für ein Gebäude gegossen war. Der Metallzaun hatte verhindert, dass sie es früher bemerkten.

»Was soll das wohl am Ende werden?«, fragte Marthe besorgt.

»Keine Ahnung«, antwortete Ludovic Lambert. »Das sind bestimmt hundertdreißig Quadratmeter.«

»Ungefähr«, stimmte Maréchal zu. »Schauen wir mal.«

Er begann die riesige Fläche mit Schritten auszumessen.

Während die anderen noch Vermutungen anstellten, welche Funktion dieses Gebäude wohl haben würde, ging Scharnbeck zu einem riesigen Schaufellader. Der alte Goyat folgte ihm.

»Tolle Maschine«, stellte er fest.

»Hmm«, antwortete Hans und ging um das Fahrzeug herum. »Natürlich Diesel.«

»O ja, diese großen Kisten fahren meistens mit Diesel.«

Hans kletterte auf die Maschine und sah in die Kabine.

»Was machen Sie da?«

»Sie sind nicht der Einzige, der sich für Technik interessiert.«

»Das ist meine große Leidenschaft.« Der alte Goyat zog

sich ebenfalls auf das Trittbrett hoch. »Ultramoderne Ausstattung«, bemerkte er.

»Ja.« Hans war schon wieder runtergestiegen. Er beugte sich vor, um den Motor zu betrachten. »Was meinen Sie, sind die Kühlwasserschläuche aus Gummi oder Metall?«

»Beides möglich. Ich habe die Klappe gefunden, hinter der die Batterie liegt«, rief Goyat triumphierend. »Ich wusste es. Sie ist oft hier oben versteckt.«

»Was fällt dir ein, da hochzuklettern!«, rief seine Frau und kam angerannt. »Dein Gips wurde erst vor zwei Wochen abgenommen. Du willst doch sicher nicht gleich den nächsten haben!«

## 29

Es war erst Viertel vor neun, als die Presslufthämmer bereits gegen Hans' Kopfschmerzen andröhnten. Er hatte den Abend mit einem einsamen Besäufnis beendet.

Während des Rundgangs auf der Baustelle war ihm eine waghalsige Idee gekommen, und eine fieberhafte Betriebsamkeit, wie er sie seit langem nicht verspürt hatte, breitete sich in ihm aus. Er stellte das Material zusammen, das er benötigen würde, und ging im Kopf noch einmal alle Handgriffe durch, die er im Februar jenes Jahres gelernt hatte, in dem er von heute auf morgen zum Mann geworden war. Dieses Wissen, das ihm von einem alten Bauern bei Kerzenschein in einer Scheune eingetrichtert worden war, hatte ihm mehr als einmal das Leben gerettet. Nach dieser Zeit hatte er es nie wieder angewendet – es waren Dinge, die man in Friedenszeiten nicht tat. Aber jetzt, nach fünfundfünfzig Jahren, würde er seine Kenntnisse noch einmal einsetzen. Die Umstände zwangen ihn dazu. Er hatte sein Glas gehoben und auf den alten Mann getrunken, dessen Namen er noch nicht einmal kannte.

Hans nahm eine Schmerztablette, kochte sich einen sehr starken Kaffee und flüchtete in die Bibliothek. Virginie war allein. Sie beugte sich über die Tastatur ihres Computers und indexierte Neuzugänge. Sie sah ziemlich kläglich aus.

»Was machen Sie für ein Gesicht?«, fragte Hans zur Begrüßung.

»Hmm.«

»Stimmt was nicht?«

»Doch, alles in Ordnung.«

»Sie lügen schlecht.«

Er begann die Umschlagrückseiten der Neuheiten zu lesen, die auf dem Mitteltisch auslagen.

»Ich habe den gestrigen Abend auf einem Campingstuhl damit verbracht, Louis und seinem Vater beim Reparieren eines Stoßdämpfers zuzusehen.«

»Sie wären besser ins Kino gegangen.«

»Allein?«

»Suchen Sie sich einen anderen.«

»Louis ist ein netter Mensch. Er ist nur so von diesen alten Maschinen besessen! Und seine Eltern halten ihn fest. Er kann sich nicht dazu durchringen, sich eine Wohnung zu suchen und allein zu leben. Aber einmal haben wir das Wochenende in La Rochelle verbracht, das war wunderbar. Er ist so …«

»Sie lieben ihn.«

»Ja«, gab Virginie leicht errötend zu.

Hans stellte den Roman zurück, den er in der Hand hatte. »Kommt man mit Ihrem Computer eigentlich ins Internet?«

»Natürlich.«

»Darf ich für eine halbe Stunde ran?«

Sie zögerte. Die Vorschriften verboten ihr, Material der Stadtverwaltung anderen zu überlassen. »Ich muss etwas erledigen. Ich sehe nicht, was Sie machen, weil ich nicht da bin. Aber haben Sie ein Auge auf die Bibliothek.«

»Hervorragend.«

Sie zeigte ihm, wie man die Verbindung herstellte, dann verschwand sie.

Hans ging zuerst auf die Seite von *Résiplus,* erfuhr aber nichts Neues. Er fand die Adresse des Architekturbüros, das mit dem Bau des Freizeitparks beauftragt war, und notierte sie auf einem Stück Papier. Aus der Projektbeschreibung versuchte er zu ersehen, was das für ein Gebäude war, dessen Bau dicht an seinem Grundstück begonnen wurde, konnte die technische Sprache aber nicht entschlüsseln. Verärgert schloss er die Seite.

Sein Blick streifte ziellos durch den Raum und blieb an den Kunstbänden hängen. Bücher über Malerei, Monographien von Fotografen und Schauspielern, dann ein paar Reiseführer in schöner Ausstattung. Plötzlich schoss ihm eine Idee durch den Kopf.

Er tippte »Nehru« und überflog die Artikel über den indischen Politiker. Nachdem er »Lady Mountbatten« eingegeben und die ersten Fundstellen gesehen hatte, verzogen sich seine Lippen zu einem Lächeln.

# 30

»Sie haben mir gar nicht erzählt, was Ihre Lady Mountbatten für ein Teufelsweib war!«, rief Hans, sobald er am Abend durch Marthes Tür trat.

»Was meinen Sie?«, fragte Marthe und holte eine Flasche Quincy aus dem Kühlschrank.

»Ihr Freund Nehru war nicht ihr einziger Liebhaber!« Hans holte den Zettel heraus, auf dem er sich in der Bibliothek Notizen gemacht hatte. »Ihre erstaunlichste Eroberung war Leslie Hutchinson.«

»Wer?«

»Leslie Hutchinson, bekannt unter dem Namen Hutch, war ein weltberühmter Kabarettstar der zwanziger und dreißiger Jahre«, las er in triumphierendem Ton vor, nachdem er die Brille aufgesetzt hatte. »Er hatte Amerika verlassen, weil er als farbiger Künstler vom Ku-Klux-Klan verfolgt wurde. Hutch war ein Freund von Cole Porter und der Lieblingssänger im Prince de Galles in Paris. Damals erzählte man sich, er sei bisexuell. Ihre Lady Mountbatten hatte einen ziemlich exotischen Geschmack und war eine sehr freizügige Frau. Alle Achtung! Ich verstehe Ihre Bewunderung.« Ihm entschlüpfte ein kurzes Lachen.

Marthe stand reglos mit der Flasche in der Hand vor dem Tisch.

»Davon hatte ich keine Ahnung«, stammelte sie.

»Das dachte ich mir. Aber Sie müssen zugeben, dass es lustig ist. Schade, dass Ihr Mann das nicht gewusst hat. Er hätte Sie bestimmt ordentlich damit aufgezogen.«

Marthe nickte stumm. Scharnbecks Enthüllungen begeisterten sie keineswegs.

»Na, nun machen Sie nicht so ein Gesicht!« Hans nahm ihr die Flasche aus der Hand, öffnete sie und füllte ihre Gläser. »Sie können doch nicht altmodischer sein als eine Lady, die neunzehnhundertsechzig gestorben ist. Das gehört sich nicht.«

Er brach in lautes Lachen aus und steckte Marthe schließlich damit an.

# 31

Gegen neun Uhr dreißig verstummten die Bulldozer plötzlich einer nach dem anderen. Hier und da erklang noch ein Hüsteln, dann war Ruhe, nicht mehr das geringste Motorengeräusch.

»Was ist denn los?«, rief Gwendoline zu Marthe hinüber, die gerade Erdbeeren erntete.

»Ich habe keine Ahnung. Vielleicht sind die Erdarbeiten abgeschlossen.«

Doch der wütende Ausruf »Was ist das hier für ein Scheißhaufen?«, der durch die ungewohnte Morgenstille dröhnte, zeigte ihnen, dass diese Hypothese falsch war.

Wütende Männerstimmen waren zu hören, von allen Seiten kamen eilige Schritte heran, Motorhauben wurden geöffnet und wieder geschlossen. Der Baustellenchef schrie in sein Mobiltelefon, und die Schritte entfernten sich.

Ein ungewohnter Frieden breitete sich in der Allée des Pommiers aus. Der Wind blies durch die Zweige, auf denen die Vögel plötzlich jubelten, und erfüllte die Blüten mit Leben, sie wiegten sich linkisch wie junge Mädchen, die zum ersten Mal zum Tanzen gehen. Morgenstern galoppierte wiehernd über ihre Wiese, und die Transparente, die die Protestierenden an ihre Fenster gehängt hatten, flatterten fröhlich im Wind.

Einer nach dem anderen kamen die Bewohner des Viertels, so sie nicht arbeiteten, aus ihren Häusern und setzten sich in ihre Gärten.

Natürlich war ihnen bewusst, dass dieses unverhoffte Glück nicht endlos dauern würde. Deshalb lauerten sie auf jede Bewegung, die sie auf der anderen Seite des Zaunes wahrnahmen. Am frühen Nachmittag kehrten der Baustellenchef und die Arbeiter zurück, mit ihnen andere Männer, die anfingen, an den Motoren zu basteln. Man vernahm Klappern, kurze Befehle, aneinanderschlagende Inbusschlüssel, von rauen Stimmen ausgestoßene Flüche.

Trotz dieser Geräusche genoss Marthe den Wundertag. Die Brise verbreitete den Duft der Rosen überall im Garten, und der Kirschbaum schwenkte seine schweren Äste fröhlich über ihrem Kopf. Sie saß mit ihrem Kreuzworträtsel an dem großen Gartentisch und fragte sich, welchem göttlichen oder menschlichen Eingriff sie diese idyllischen Stunden verdankte.

Gegen sieben Uhr am Abend ereignete sich etwas, das die Bewohner schnell über die Ursachen ihrer Glückseligkeit aufklären sollte. Ein Polizeiauto fuhr in die Allée des Pommiers und hielt vor dem Haus der Lamberts. Zwei uniformierte Polizisten stiegen aus, gefolgt von Monsieur Martinez, dem Architekten der Baustelle, und gingen geradewegs auf die Villa zu. Gwendoline, die in einem Liegestuhl in der Sonne eine Zeitschrift las, stand auf, als sie den Garten betraten.

»Oh, Loïc, wie schön, dass du mich besuchst! Ich habe neulich erst zu Ludovic gesagt, wie schade es ist, dass du nie vorbeikommst.«

»Gwendo, hör zu«, setzte Loïc an. »Ich bin nicht zum Vergnügen hier.«

»Nein?«

»Nein.« Er wand sich unter dem plötzlich bedrohlich werdenden Blick seiner Cousine. »Vor einer Stunde wurde bei uns Anzeige gegen Unbekannt erstattet.«

»Anzeige gegen Unbekannt? Du erhältst eine Anzeige gegen Unbekannt und kommst sofort zu mir? Was soll das heißen?«

Sie trat ganz dicht an ihn heran und musterte ihn. Seine Ohren färbten sich scharlachrot.

Er setzte gerade zu einer Antwort an, als Gwendoline zu schreien begann: »Madame Simonet, kommen Sie doch mal rüber! Es lohnt sich! Madame Simonet!«

Marthe legte ihre Heckenschere hin und lief, so schnell sie konnte, zu ihrer Nachbarin. Auch die anderen Vereinsmitglieder, die Gwendolines schrillen Ruf vernommen hatten, eilten herbei.

»Kommen Sie, kommen Sie nur«, lud Gwendoline sie ein. »Sie kennen ja meinen Cousin Loïc und seinen Kollegen Julien. Auch diesen Herrn hier, der uns vom Bürgermeister so wohlwollend vorgestellt wurde.«

Die anderen nickten.

»Hör mal, Gwendo …«, setzte der unglückliche Polizist erneut an.

»Ich wäre dir dankbar, wenn du mich nicht Gwendo nennen würdest, während du mich eines Verbrechens verdächtigst.«

»Ich verdächtige dich nicht.«

»Dann rede endlich.«

»Monsieur Martinez hat Anzeige gegen Unbekannt wegen Sabotage erstattet.«

»Sabotage? Und was hat das mit mir zu tun?«

»Heute Morgen sind alle Baustellenfahrzeuge ausgefallen, weil jemand Löcher in die Benzinschläuche gebohrt hat. Dadurch haben sie Luft gezogen –«

»Und da hast du sofort an mich gedacht? Vielen Dank!«

»Das stimmt nicht.«

»Umso besser.«

»Aber es passiert zwei Tage, nachdem du das Wegerecht erhalten hast und du, Sie …« – er wandte sich an die Anwesenden – »… Zugang zur Baustelle haben.«

Monsieur Martinez nickte. »Die Tür ist nicht abgeschlossen. Jeder hätte die Baustelle betreten können.«

»Vielleicht waren es dieselben Kinder, die aus Spaß die Baugenehmigung verbrannt haben. Man muss sie schleunigst finden. Das sind kleine Schlingel«, schlug Marthe zu ihrem eigenen Erstaunen vor.

Hans Scharnbeck warf ihr einen verblüfften Blick zu und lachte dann los. Er steckte alle mit seinem Gelächter an, bis auf die beiden Polizisten und den Architekten.

»Das war gut!«, wieherte der alte Goyat. »Bravo, Madame Simonet!«

»Die Beschädigungen sind von jemandem verursacht worden, der sich perfekt in Fahrzeugtechnik auskennt«, sagte Monsieur Martinez trocken und durchbohrte Goyat mit Blicken. »Und wenn wir den Schuldigen finden, wird es ihn teuer zu stehen kommen. Wissen Sie, was die Reparatur von fünf Planierraupen und ein verlorener Arbeitstag kosten?«

Sie würden es nie erfahren, denn erneut ließ sich Marthe

vernehmen: »Ich liebe die Technik. Das ist mein größtes Hobby. Wollen Sie mich verhaften?«

Alle Blicke richteten sich auf sie.

»Ich bin überzeugt, Sie wissen nicht mal, was ein Benzinschlauch ist, und Sie wären unfähig, ein Loch am richtigen Ort zu bohren, aber Sie können wegen Mittäterschaft belangt werden«, fauchte Martinez.

Loïc und sein Kollege Julien starrten auf ihre Schuhspitzen.

»Das müssen Sie nur noch beweisen, und ich folge Ihnen umgehend zur Wache, Monsieur«, antwortete Marthe ruhig und ging gemessenen Schrittes zurück zu ihrem Haus. Sie trat in die Küche, öffnete den Kühlschrank und goss sich den Quincy ein, der vom Vortag übrig war. Dann hob sie das Glas, als wollte sie auf ihr eigenes Wohl anstoßen, und trank voller Genuss.

## 32

*Oben auf dem Balkon herrscht eine Stille, die akustisch und optisch zugleich ist – der Scherenschnitt der Baumkronen ringsum gehört dazu und manchmal, wie eine übertriebene Zugabe und trotz seiner Ferne mit eingeschlossen, auch der große Schweiger dort oben, der Mond.*

*Ich habe dies noch nirgendwo derart empfunden und diese Stille deshalb »die ostpreußische« genannt.*

Niemand sprach mehr von der Sabotage. Je weniger man darüber wusste, desto besser. Scharnbeck freute sich. Er hatte nichts verlernt. Und die Sache hatte außerdem Spaß gemacht.

Die Tür zur Baustelle bekam ein Schloss, der Schlüssel wurde Gwendoline persönlich ausgehändigt. *Résiplus* engagierte einen Dobermann, der die Baustelle bewachen sollte. Tagsüber lag er an einer schweren Kette und bellte wütend, sobald sich jemand in seine Nähe wagte. Abends, wenn die Arbeit beendet war, machte ihn sein Besitzer los. Manchmal hörte man ihn durch die Dunkelheit streifen und die Kaninchen aufschrecken, die ängstlich davonrannten.

Die Zucchini wurden reif und die Kirschen. Touristen überschwemmten Strände, Gassen und Restaurants. In ihrem Kielwasser kamen Saisonarbeiter, fliegende Händler und Taschendiebe. Die Preise der Parkplätze und der Unterkünfte stiegen. Crêpes landeten auf eilig aufgestellten Tischen, der Cidre floss in Strömen. Die Maler der Region stellten ihre Werke aus, die Töpferscheiben drehten sich. Eine Atmosphäre von geradezu fanatischer Euphorie breitete sich im Stadtzentrum aus. Nachts erklangen die neuesten Hits. Das Dröhnen der Automotoren rivalisierte mit dem Rauschen der Brandung. Wie jedes Jahr um diese Zeit nahmen die Bewohner von Plouerbec ihre Statistenrollen auf dem großen Gemälde der Sommerfrische ein.

Der Verein zur Rettung des Pommiers-Viertels setzte seine Aktionen auf dem Marktplatz fort. Jeden Mittwoch und jeden Samstag fuhren zwei Mitglieder bei Tagesanbruch in die Stadt, um den kleinen Stand aufzustellen. Die Fisch- und Gemüsehändler hatten sich an sie gewöhnt und begrüßten sie herzlich. Becher mit dampfendem Kaffee machten die Runde, um das Frösteln in der Morgenluft zu vertreiben.

Hans mochte die Marktatmosphäre und meldete sich oft

freiwillig für diese Arbeit. Allmählich lernte er, wie man die Leute ansprach, mit welchen Witzen man die Männer anlockte und welche Komplimente man den Frauen machte. Er hatte immer Erfolg bei Frauen gehabt, sogar jetzt, da er achtundsechzig war, fanden sie ihn noch verführerisch mit seinen blauen Augen, der gebräunten Haut und dem zerzausten grauen Haar.

In der Nachkriegszeit hatte ihm die Anziehungskraft, die er auf Frauen ausübte, oft geholfen. Einige hatten ihm die Arme und ihr Haus geöffnet und gern das Wenige mit ihm geteilt, das ihnen geblieben war.

Nachdem er Deutschland verlassen hatte, versuchte Hans sein Glück als Cafékellner in Strandbädern.

»Ein Kaffee für die *bella signorita.*«

Die Arbeit war viel leichter als auf den Baustellen. Und viel angenehmer als in der Fabrik.

Die Sprache war kein Problem. Er hatte ständig die Sprache gewechselt. Er jonglierte mit seinen Identitäten, lernte, unter allen Umständen zu überleben. Niemals zurücksehen, niemals nach unten sehen. Nur gerade vor sich auf das gespannte Seil.

Was konnte ihm noch passieren? Wenn alles passiert ist, wovor soll man sich dann noch fürchten? Hans erinnerte sich an diese Jahre als eine Zeit ohne Ängste, ohne Sorgen.

Er hatte ein Dach über dem Kopf und genug Geld, um sich Lebensmittel und Zigaretten zu kaufen. Er ging ins Kino, las Bücher, schlief mit den Frauen, die ihm gefielen. Es war nicht das große Glück, eher wie das behagliche Gefühl in einem Liegestuhl in der Sonne. Betäubt von der Hitze, ohne Wünsche, ohne Zukunft.

»Wunderbare Erdbeeren, leckere Erdbeeren, köstliche Erdbeeren!«

Die Ankunft der ersten Marktbesucher riss Hans aus seinen Träumen. Er trank den letzen Schluck Kaffee.

»Guten Morgen, Madame, was für ein schöner Tag! Hätten Sie vielleicht eine Minute Zeit? Ich würde Sie gern auf ein großes Umweltproblem aufmerksam machen, das Plouerbec und seine schöne Küste bedroht. Wir brauchen Ihre Unterstützung. Ist das Ihre Tochter? Sie ist reizend. Der Mutter wie aus dem Gesicht geschnitten.«

# 33

Bevor sie schlafen ging, schaute Marthe noch einmal in den Spiegel. Die neue Frisur stand ihr wirklich gut, aber sie musste sich erst daran gewöhnen. Noch nie hatte sie so kurze Haare gehabt. Die hellen Strähnchen ließen sie jünger aussehen, doch Marthe hatte den Eindruck, ihr ganzes Gesicht habe sich verändert. Der orangerote Lippenstift, den sie einer plötzlichen Inspiration folgend gekauft hatte, schien ihr jetzt zu auffällig. Sie würde ihn vielleicht nie benutzen. Wann hätte sie dazu auch Gelegenheit? Beim Kirschenernten oder Kochen brauchte man keinen Lippenstift.

Gegen drei Uhr morgens wachte sie mit trockener Kehle auf. Sie erhob sich, goss sich in der Küche ein Glas Wasser ein und trank es in einem Zug aus. An den Tisch gelehnt, sah sie aus dem Fenster. Im Schlaf hatte sie das Gefühl gehabt, den Hund ein paar Minuten lang bellen zu hören, jetzt aber waren die Allée des Pommiers und die Baustelle in Stille getaucht. Sogar der Wind hatte sich beruhigt. Der Mond verbreitete ein blasses Licht, das sich in den dunklen

Fenstern spiegelte. Tausende von Sternen, so klar, wie man sie nur im August sehen kann, erleuchteten das Firmament.

Marthe stellte das Glas ins Spülbecken, zog einen Morgenmantel über, nahm eine Wolldecke und ging in den Garten. Die Nacht war warm. Sie setzte sich in einen Liegestuhl und schaute in den hellen, beseelten Himmel.

Paul hatte ihr die Sternbilder gezeigt, aber da sie sich nicht besonders für Astronomie interessierte, erkannte sie nur den großen Bären. Sie dachte an Aurélien. Konnte er dieselben Sterne sehen wie sie, in genau diesem Augenblick, so hell und klar? Sie hatte das Gefühl, ihm sehr nahe zu sein. Sie waren zwei winzige Körper, die am Universum gemessen nur eine Sekunde lang zu leben hatten und die dieselben Sterne betrachteten.

Viel zu schnell, als dass Marthe einen Wunsch hätte formulieren können, fiel eine Sternschnuppe herab. Aber was hätte sie sich gewünscht? Gesundheit für ihre Familie, Erfolg für ihre Protestbewegung? Hatte Scharnbeck recht, wenn er sagte, sie würde noch nicht einmal ihre eigenen Wünsche kennen?

Ein Käuzchen im Nussbaum, das plötzlich anfing zu schreien, ließ Marthe zusammenschrecken. »Ich muss mich wieder hinlegen«, sagte sie sich. In wenigen Stunden würden sich alle in ihrem Garten zum Kirschenernten versammeln. Sie würde dann daraus Torten und Marmelade machen. Das war eine ermüdende Arbeit, und sie musste dafür fit sein. »Jetzt geh schon!«, befahl sie sich. Aber sie vermochte ihre Augen nicht von dem grandiosen Schauspiel am Himmel abzuwenden und schlief schließlich in ihrem Stuhl ein.

# 34

Dank ihrer Hartnäckigkeit hatten sie fünfhundertelf Unterschriften für ihre Petition gesammelt, die Sabine Bihannic im Rathaus abgab. Sie freuten sich. Fünfhundertelf Unterschriften waren nicht wenig für eine so kleine Gemeinde wie Plouerbec.

Aber der Kran, der kurze Zeit zuvor aufgetaucht war, und die Bauarbeiter setzten unermüdlich ihre Arbeit an dem mysteriösen Gebäude fort. Nach wenigen Tagen war es schon acht Meter hoch. Die Bulldozer hatten ihre Arbeit in unmittelbarer Nähe der Allée des Pommiers abgeschlossen und machten sich nun in entfernteren Ecken der Baustelle zu schaffen.

Die Begeisterung der Vereinsmitglieder verflog, als sie merkten, dass ihre Petition keine unmittelbaren Folgen haben würde. Sie warteten immer noch auf einen Termin, an dem ein Richter ihren Antrag auf Annullierung der Baugenehmigung prüfen würde.

Die Feriengäste, die sich an den Stränden aalten, kümmerten sich nicht um das, was in ihrem Rücken vor sich ging. Sie waren gekommen, um ihren Urlaub zu genießen, und zeigten kein großes Interesse für die lokalen Probleme. Bis zu dem Tag, als plötzlich eine Flotte von etwa fünfzig Fischerbooten in die Bucht gefahren kam. Die Kinder ließen ihr Spielzeug im Sand liegen und bewunderten das ungewohnte Schauspiel. Als sich die Boote von einem Ende der Bucht bis zum anderen aufgereiht hatten, hissten sie ihre Segel. Auf jedes waren zwei oder drei Buchstaben gemalt, sodass die Touristen lesen konnten: »S.O.S. bedrohte Küste. Großes Treffen Allée des Pommiers heute Abend 19 Uhr.«

Je nach künstlerischer Fähigkeit des Bootseigners waren die Buchstaben mehr oder weniger gut lesbar.

Gwendoline, die unterwegs zum Strand war, um ein Sonnenbad zu nehmen, bemerkte das Ereignis als Erste. Sie machte kehrt und rannte zu Marthes Haus.

»Madame Simonet! Madame Simonet, kommen Sie schnell!«

Marthe band rasch die Schürze ab. Zusammen eilten sie zum Strand.

Marthe erkannte sogleich Scharnbecks schönes Boot an der Spitze des Zuges, gefolgt von dem von Amandines Vater.

»So etwas!«, rief Gwendoline. »Wussten Sie davon?«

»Nein.«

Im selben Moment wurde der Bürgermeister von Plouerbec vom ersten einer ganzen Reihe von Anrufen aus seiner Wochenendruhe gerissen. Er stürzte ans Fenster und erblickte das Schiffsgeschwader, das fröhlich die Bucht füllte.

## 35

Um achtzehn Uhr fünfundvierzig hatte sich die sonst so friedliche Allée des Pommiers in einen Ameisenhaufen verwandelt. Alle Parkplätze waren besetzt, Motorroller dröhnten, Fahrräder bahnten sich einen Weg zwischen den anderen Fahrzeugen, und Familien mit Kinderwagen versperrten den Bürgersteig, als das Auto des Bürgermeisters mit Monsieur Guézennec persönlich, seinem Stellvertreter und den beiden Polizisten, die wegen der Sabotage ermittelt hatten, in die Straße einbog. Da der Chauffeur nicht parken konnte, fuhr er hupend weiter, ließ den Motor röhren und entfernte sich dann, um an der Küstenstraße zu parken. Die vier Beamten mussten zu Fuß zurückgehen.

Als sie endlich ankamen, stießen sie auf Hans Scharnbeck und Georges Maréchal, die die Besucher zum anderen Ende der Allée des Pommiers lenkten.

»So eine Versammlung muss vierzehn Tage im Voraus angemeldet und von den Behörden genehmigt werden. Das ist absolut illegal.«

»Keineswegs«, erklärte Hans Scharnbeck fröhlich. »Diese Leute sind alle meine Gäste. Wir treffen uns bei mir. Ganz friedlich. Auf meinem Grundstück kann ich tun, was ich will.«

Gwendolines Cousin stellte sich auf die Zehenspitzen und sah die Menschen tatsächlich in Scharnbecks Garten strömen. Er zuckte ohnmächtig die Schultern.

»Solange Sie nicht die öffentliche Ordnung stören.«

»Das wird nicht geschehen. Ich störe auch meine Nachbarn nicht, weil sie an der Organisation unserer kleinen Abendgesellschaft beteiligt sind.«

»Auch die Demonstration auf See war bereits illegal, und ich könnte Sie als Anstifter verhaften lassen.«

»Dazu müsste man erst einmal klären, ob eine Demonstration in den Territorialgewässern wirklich verboten werden kann«, sagte Maître Robinson, der neben Scharnbeck aufgetaucht war. »Ich glaube, das ist eine Premiere. Auf jeden Fall übersteigt es Ihre Kompetenz, denn die Protestierenden befanden sich nicht auf dem Territorium Ihrer Gemeinde.«

»Leute wie Sie sind Schädlinge«, schimpfte der Bürgermeister. Sein Stellvertreter warf ihm einen warnenden Blick zu.

»An Ihrer Stelle würde ich keinen Anwalt beleidigen«, entgegnete Maître Robinson nüchtern. »Das dürfte nicht nur teuer werden, ich kann mir auch gut vorstellen, dass Ihre Wähler so ein Verhalten nicht schätzen. Wenn sie Ihre Äußerungen morgen in der Zeitung lesen, werden sie sicher schockiert sein. Sieh an!«, rief er gleich darauf. »Wenn man vom Teufel spricht ...«

Der Bürgermeister und sein Stellvertreter drehten sich um und sahen einen Kleinbus des Lokalfernsehens die Straße entlangfahren.

»Machen Sie das Tor weit auf und lassen Sie sie rein«, bat Scharnbeck Maréchal.

Der Bürgermeister wischte sich den Schweiß von der Stirn. Da trat Marthe mit vier übereinandergestapelten Tartes aus ihrem Haus.

»Oh, Sie schon wieder«, begrüßte sie Loïc. »Man sieht Sie oft hier in letzter Zeit. Es ist nett, dass Sie an unserem geselligen Beisammensein teilnehmen wollen. Sehen Sie, wir haben sogar für das leibliche Wohl gesorgt.«

»Madame Simonet, dieses Benehmen ist Ihrer nicht würdig.«

»Darüber lässt sich streiten, Monsieur Guézennec«, antwortete Marthe fröhlich. »Man muss sich den Widrigkeiten anpassen können. Das gebietet uns der gesunde Menschenverstand. Wenn die Behörden vor der Verzweiflung und den Wünschen ihrer Mitbürger die Ohren verschließen, liegt nach meinem Dafürhalten eine Notsituation vor. Ich glaube, Sie waren nicht ganz ehrlich zu uns«, fügte sie im selben Ton hinzu. »Das ist bedauerlich, denn wenn man seinem Bürgermeister nicht mehr vertrauen kann, wem soll man dann noch trauen, frage ich Sie?«

»Gut gesprochen«, kommentierte Scharnbeck. »Und jetzt

wollen Sie uns bitte entschuldigen, wir müssen uns unseren Gästen widmen. Wenn Sie sich zu uns gesellen wollen, sind Sie herzlich willkommen.«

Er nahm Marthe die Tartes aus der Hand, und sie gingen gemeinsam zu seinem Grundstück.

»Was machen wir?«, fragte Loïc Guézennec.

»Warum fragen Sie mich das?«, keifte ihn der Bürgermeister an. »*Sie* sind doch hier die Ordnungshüter.«

»Man könnte Verwarnungen an die Falschparker austeilen«, schlug der andere Polizist vor. »Das würde ein bisschen Geld in die Kassen bringen.«

»Schwachkopf!«

## 36

Hans Scharnbeck hatte die Sache ganz groß aufgezogen. Lange Tafeln mit Papiertischdecken und Klappstühle standen bereit. Zwanzig Kästen Bier und Wasser stapelten sich an der Nordseite seiner Hütte. Yann Guirinec, Amandines Vater, der die anderen Fischer mobilisiert hatte, hatte sich auch um die Logistik für den Ablauf des Abends gekümmert. Sylvie und sogar Amandine hatten mitgeholfen. Die anderen Anwohner der Allée des Pommiers schmollten erst ein bisschen, weil Hans sie nicht über die Aktion informiert hatte, aber er erklärte ihnen, er habe den Verein nicht gefährden wollen, der unter allen Umständen einsatzfähig bleiben müsse, auch wenn ein einzelnes Mitglied gerichtlich verfolgt werde. Daraufhin hatte die Präsidentin nach Absprache mit dem Vizepräsidenten beschlossen, dass er richtig gehandelt habe, dass sie sich jedoch an den Vorbereitungen für den Abend beteiligen würden. Sie hatten alles Geld aus den Pullover-Verkäufen auf den Tisch gelegt. Unterstützt von Armand Goyat, hatten die Frauen riesige Einkäufe gemacht, um für einen Ansturm von Besuchern gewappnet zu sein. Sie hatten sogar ein Paket Windeln und Milchpulver besorgt.

Ungefähr zweihundert Personen standen nun auf Scharnbecks Rasen und unterhielten sich. Die meisten Besucher gehörten zu den Fischern, die an der Bootsparade teilgenommen hatten, aber es waren auch mehrere Gruppen junger Leute gekommen und ein paar Touristen.

Scharnbeck hatte eine Überraschung für sie vorbereitet. Tafeln aus kunststoffbeschichteter Pappe hingen an dem Zaun, der seinen Garten von der Baustelle trennte. Es waren Vergrößerungen der Blätter ihrer Petition mit allen Unterschriften. Die Besucher gingen an den Tafeln entlang und lasen die Namen der Unterzeichner, von denen sie die meisten gut kannten. Der Kameramann vom Fernsehen war gerade dabei, sie zu filmen, als Marthe und Gwendoline riesige Schüsseln mit Taboulé auf die Tische stellten, mit dessen Zubereitung sie den Nachmittag verbracht hatten. Sie luden die Anwesenden ein, sich zu setzen und es sich schmecken zu lassen.

Hans Scharnbeck klopfte mit einer Gabel an sein Glas.

»Ich heiße Sie alle herzlich willkommen«, rief er so laut wie möglich. »Ich möchte vor allem den Freunden von Yann Guirinec danken, die uns ihre Zeit geopfert haben und mit ihrer Aktion sogar ein gewisses Risiko eingegangen sind. Unser Verein hat die Petition, die Sie dort sehen können, vor zwei Wochen im Rathaus eingereicht, und es gab nicht die geringste Reaktion. Unser Antrag auf Annullierung der

Baugenehmigung liegt noch beim Gericht, und nebenan gehen die Arbeiten immer weiter voran. Unsere Sache öffentlich zu machen ist unser letzter Ausweg.«

Der Kameramann hatte die Kamera auf ihn gerichtet.

»Ich übergebe das Wort der Präsidentin unseres Vereins, Sabine Bihannic.«

Diese errötete heftig. Nie zuvor hatte sie vor so vielen Menschen sprechen müssen. Ihr Mann lächelte ihr aufmunternd zu. Sie räusperte sich.

»Wir haben uns heute Nachmittag darüber verständigt, was wir noch unternehmen können, um unser Ziel zu erreichen. Wir haben tatsächlich nur wenig in der Hand gegen einen solchen Gegner. Welche Schritte sind noch denkbar? Die einzige Aktion, die eine gewisse Wirkung hat, ist ein Sit-in. Wir werden ab Montag den Zugang zur Baustelle blockieren, indem wir uns vor dem Tor niederlassen. Wir bitten alle, die Zeit haben, sich uns anzuschließen. Und ich bitte die Medien, diese letzte Information nicht zu verbreiten.«

Herzlicher Beifall ertönte.

»Sie müssen aber damit rechnen, dass man uns mit Gewalt vertreiben und sogar verhaften kann«, fuhr Sabine fort.

Aufgeregte Stimmen ertönten.

»Überlegen Sie es sich also gut, ehe Sie sich dazugesellen. Wir treffen uns um sieben Uhr dreißig vor dem Baustelleneingang. Und jetzt wünsche ich Ihnen einen schönen Abend.«

Gleich darauf ertönte aus den Lautsprechern, die Hans installiert hatte, Salsa-Musik. Die ersten Paare fanden sich zum Tanz auf dem Rasen und bewegten sich noch etwas verhalten. Während Marthe sorgfältig ihre Tartes in gleich große Stücke schnitt, hob sie von Zeit zu Zeit den Kopf, um den anderen beim Tanzen zuzuschauen. Virginie hatte Louis aufgefordert, und jetzt bewegten sich die beiden im Rhythmus der Musik und schauten einander dabei tief in die Augen.

Die junge Frau hatte ihr schönstes Kleid angezogen und ihr Haar zu einem weichen Knoten hochgesteckt, der ihren Nacken entblößte. Und auch Louis hatte sich fein gemacht. Seine Mutter hüllte sich in ihr übliches Schweigen und warf ihnen nur ab und an missbilligende Blicke zu. Armand Goyat, der neben dem Buffet stand, kümmerte sich nicht um seinen Sohn. Er war in ein Gespräch mit Georges Maréchal vertieft und hatte eine umfassende Aufzählung aller Motorräder begonnen, die er seit Beginn seiner Sammelleidenschaft besessen hatte. Maréchal hörte ihm unaufmerksam zu und nickte hin und wieder, um zu zeigen, dass er ihm folgte, aber seine Augen waren auf die Beine von Sabine Bihannic gerichtet, die Marthe dabei half, die Tartes aufzuschneiden.

Anna Bihannic spielte mit Victor Maréchal Verstecken. Gwendoline und Ludovic Lambert schwangen auf der improvisierten Tanzfläche ungeschickt die Hüften neben Sylvie und Yann Guirinec und etwa zehn anderen Paaren, die Marthe nicht kannte. Sie suchte Amandine mit den Augen, konnte sie aber nirgendwo entdecken, bis sie plötzlich einen Freudenschrei vernahm. Alle Gäste drehten sich nach dem kleinen Mädchen um, das oben auf dem Hügel aufgetaucht war, auf dem Rücken von Morgenstern, den Scharnbeck fest am Zügel hielt. Die Silhouette von Amandine erschien winzig klein auf dem großen schwarzen Pferd, dem der Deutsche beruhigende Worte ins Ohr zu flüstern schien, damit es nicht von der Musik und den vielen Menschen verschreckt wurde. Morgenstern wieherte und setzte sanft ihre Runde an der Seite ihres Herrn fort. Marthes Blick blieb an ihnen hängen, und sie stand gedankenverloren in der Menge. Ihr Messer hatte sie vergessen aus der Hand zu legen.

## 37

*Die Freude von Thomas und Katia Mann an ihrem Sommerhaus in Nidden auf der Kurischen Nehrung sollte nur kurze Zeit währen. Nur drei Sommer lang genossen sie hier den »Italienblick«, bevor die Nationalsozialisten, die in Ostpreußen eines ihrer besten Wahlergebnisse errungen hatten, sie zur Emigration zwangen.*

»Kommt schnell! Maman im Fernsehen!«, schrie Anna Bihannic so laut, dass ihre Eltern sogleich angestürmt kamen.

Sabine Bihannic lachte nervös, als sie sich in Großaufnahme auf dem Bildschirm sah. Obwohl sie eigentlich nicht eitel war, dachte sie, dass sie sich vielleicht die Nase hätte pudern sollen, ehe sie ihre kleine Rede hielt. Auch die Frisur ließ zu wünschen übrig. Doch ihr Mann beruhigte sie, indem er mehrmals wiederholte, wie stolz er auf sie sei.

Die sonntäglichen Regionalnachrichten widmeten der Aktion des Vereins viel Zeit. Die auf den Wellen schaukelnden Boote mit ihren bunten Segeln hatten den Bericht eingeleitet. Während Monsieur Bihannic dem Kommentar des Journalisten lauschte, wählte er die Nummer von Ludovic Lambert. Er sagte nur: »Machen Sie den Fernseher an. Kanal 3.« Die Nachricht verbreitete sich wie ein Lauffeuer in der Allée des Pommiers. Nur Hans Scharnbeck verpasste die Sendung: Er hatte keinen Fernseher.

Der Reporter hielt Wort und enthüllte nichts von der weiteren geplanten Aktion, sprach aber ausführlich über die Petition und die Nichtachtung, mit der man die Forderung der Bürger im Rathaus gestraft hatte.

»Diesmal haben wir es ihnen gegeben«, verkündete Gwendoline und vergaß zu erwähnen, dass diese Initiative von Scharnbeck ausgegangen war. »Das bleibt nicht unbemerkt. Ihr werdet sehen, bald tragen unsere Bemühungen Früchte.«

Monsieur Guézennec, der die Sendung ebenfalls sah, schäumte vor Wut. Er verbrachte einen unangenehmen Sonntag, hätte sich aber keine Sekunde träumen lassen, dass es am Montag noch schlimmer kommen würde.

Am Montagmorgen um sieben Uhr dreißig verteilten sich etwa fünfzig Personen auf den Wegen, die zum Baustellentor führten. Sie hatten Proviant und Decken dabei und stellten sich auf eine unbefristete Blockade ein. Es wurde nur wenig gesprochen. Fast alle beteiligten sich zum ersten Mal an solch einer Aktion, und trotz der demonstrativ gezeigten guten Laune waren die meisten sehr angespannt. Ludovic Lambert, Georges Maréchal, Monsieur Bihannic, Virginie und Louis Goyat hatten sich bei ihren Arbeitgebern krank gemeldet, um hier sein zu können. Sie fühlten sich also, ohne es zugeben zu wollen, doppelt unbehaglich. Nur Hans Scharnbeck wirkte völlig entspannt. Er hatte ein paar Campingstühle mitgebracht, damit sich die Damen bequem hinsetzen konnten. Marthe, die auf einem der Stühle mitten auf der Straße saß, war regelrecht aufgekratzt. Sie dachte gerührt an Jawaharlal Nehru, der an so vielen gewaltfreien Widerstandsaktionen teilgenommen hatte. Ihre persönliche

Aktion wurde durch die Erinnerung an das Engagement des Pandit geradezu geadelt. Wenn sich der große Mann stundenlang in den Staub gesetzt hatte, um sein Recht zu bekommen, konnte Marthe Simonet es auch tun. Das Bewusstsein, dass ihre Zukunft in eben diesem Moment völlig unvorhersehbar war, begeisterte sie zusätzlich. Das war schon lange nicht mehr vorgekommen.

Gwendoline verteilte gerade Kaffee aus mehreren Thermosflaschen, als zwei PKW, ein mit Sand beladener Lastwagen und dahinter ein Betonmischer auftauchten. Die Gespräche verstummten. Alle starrten auf die näher kommenden Fahrzeuge. Wie auf ein Signal setzten sich alle, die noch gestanden hatten, auf den Boden. Scharnbeck, Lambert und Louis Goyat postierten sich direkt am Tor. Scharnbeck hatte irgendwo Handschellen aufgetrieben und bat die beiden Männer, ihn an das Tor zu ketten. Sie waren zwar etwas überrascht, erfüllten aber seinen Wunsch. Der Hund auf der anderen Seite kläffte und sprang wild in die Höhe, um das Hemd des Deutschen zu packen. Hans entfernte sich vom Zaun, so weit er konnte, blieb aber völlig ungerührt.

Der Baustellenchef und der Hundehalter stiegen als Erste aus.

»Machen Sie Platz!«, befahl der Chef ohne großen Nachdruck. »Was Sie hier tun, ist illegal.«

Niemand antwortete. Die Türen des zweiten Wagens öffneten sich, fünf Arbeiter steckten die Köpfe raus und wussten nicht, ob sie sich zurückhalten oder einmischen sollten.

»Helft mir gefälligst!«, schrie der Baustellenchef und ging mit festem Schritt auf einen Fischer von mittlerer Körpergröße zu. Er versuchte energisch, aber vergeblich, ihn hochzuziehen. Der Fischer wehrte sich entschieden. Sie hatten vorher vereinbart, dass die Protestierenden keinerlei Gewalt ausüben, sich aber auch nichts bieten lassen würden.

»Bewegt eure Ärsche!«, schrie der Baustellenchef, als er merkte, dass er den Mann nicht allein von der Stelle bewegen konnte. Die Arbeiter kamen zögernd näher, dann hoben sie den Fischer an den Achseln und den Knien hoch und trugen ihn an den Straßenrand. Ermutigt von den Rufen seiner Mitstreiter, wehrte sich der Mann nach Kräften. Die fünf Arbeiter setzten ihn im Gras ab und gingen auf den alten Goyat zu, während der Fischer ohne zu zögern seinen Platz wieder einnahm.

Ratlos sahen sich die Arbeiter an. Der Baustellenchef griff nach seinem Handy. »Ich rufe die Polizei!«

»Schon wieder«, kommentierte Gwendoline. »Das wird allmählich zur Gewohnheit.«

Gleichzeitig mit der Polizei trafen auch der Bürgermeister und sein Stellvertreter ein. Verärgert registrierten sie die Fernsehkameras, die wie aus dem Nichts aufgetaucht waren und sich sogleich auf sie richteten.

»Ich befehle Ihnen, den Platz zu räumen!«, rief der erste Polizist, der keine Erfahrung mit einer derartigen Situation hatte.

Pfiffe und Buhrufe waren die einzige Reaktion.

»Ich wiederhole: Ich befehle Ihnen, die Straße freizumachen. Sie verstoßen gegen das Gesetz.«

Erneute Buhrufe übertönten seine letzten Worte. Mit seiner Geduld und seinem Latein am Ende, befahl er seinem Kollegen, zur Tat zu schreiten. Doch das war nicht so einfach. Ihm wurde schnell klar, dass er Verstärkung brauchte, wenn er sich durchsetzen wollte. Während er mit seinem Vorgesetzten telefonierte, versuchte es der Stellvertretende Bürgermeister mit dem Dialog.

»Wir verstehen Ihre Wut –«, setzte er an.

»Ach ja? Seit wann?«, rief Louis Goyat. Seiner Frage folgte allgemeines Gelächter.

»Machen Sie sich nicht unglücklich«, versuchte der tapfere Mann es ein zweites Mal.

»Nicht *wir* machen uns unglücklich. Das machen Sie«, entgegnete Arthur Bihannic.

Die Verstärkung kam in Gestalt von zwei gepanzerten Bussen und zehn Ordnungshütern, darunter erneut der arme Loïc, den der Notruf erreicht hatte, als er gerade die Wohnung verlassen wollte, um seine Familie an den Strand zu fahren.

Und dann ging plötzlich alles sehr schnell. Die Demonstranten wehrten sich und protestierten. Der Hund bellte.

Das Durcheinander erreichte seinen Höhepunkt, als Gwendolines Cousin mit einem Kollegen versuchte, sie hochzuheben. Sie stieß derart schrille Schreie aus, dass die beiden Männer sie vor Schreck beinahe fallen ließen.

»Banditen, Flegel, Mörder! Eine schutzlose Frau angreifen, das ist alles, was ihr könnt!«

## 38

»Maman! Was machst du denn für Sachen?«, rief Claire, als sie die Polizeiwache betrat, in der die Demonstranten allesamt gelandet waren. Loïc hatte es für richtig gehalten, die Tochter von Madame Simonet diskret davon in Kenntnis zu setzen, in welchen Schwierigkeiten sich diese befand.

Marthe antwortete ihr seelenruhig: »Ich warte, bis ich an der Reihe bin.«

Claire erläuterte den Beamten, dass es keinen guten Eindruck mache, eine angesehene ältere Dame festzuhalten, und sprach vom möglichen Eingreifen ihres Gatten, des leitenden Chirurgen im Krankenhaus von Lorient. Die Polizisten waren zwar von den Ereignissen des Morgens erschöpft und ziemlich gereizt, beugten sich ihren Argumenten jedoch schließlich.

»Komm jetzt bitte!«, sagte Claire.

»Weißt du, wie oft Nehru verhaftet worden ist und wie viel Zeit er im Gefängnis verbracht hat?«, fragte ihre Mutter und strickte seelenruhig weiter. Sie hatte die Geistesgegenwart besessen, schnell ihr Strickzeug einzustecken, bevor sie ihren Bürgerpflichten nachkam.

»Nein, wirklich nicht. Aber es ist mir auch völlig egal.«

»Wie du meinst. Aber ich gehe nicht ohne meine Gefährten«, erklärte Marthe.

»O doch!«

»Gehen Sie, Madame Simonet!«, drängten die anderen sie. »Hier können Sie uns eh nicht helfen.«

Schließlich gab Marthe nach.

»Was ist denn passiert?«, fragte Claire draußen, nachdem sie ihre Mutter liebevoll umarmt hatte.

»Nichts. Es passiert einfach nichts, das ist ja das Unerträgliche.«

»Glaubst du nicht, dass du ein bisschen übertreibst?«, fragte Claire, als sie im Auto saßen.

»Vielleicht«, antwortete Marthe nachdenklich und schaute auf die vorbeiziehende Küste mit den Badenden, den Booten und den in der Sonne funkelnden Wellen.

# 39

Die Nachrichten brachten einen zweiten Bericht über den Widerstand der Bewohner des Pommiers-Viertels. Es war ein seltsames Gefühl, die eigene Verhaftung im Fernsehen zu erleben, fand Marthe. Sie schwankte zwischen Lachen und Fassungslosigkeit. Wäre die Bedrohung nicht so groß gewesen, hätte sie diese Situation geradezu amüsant gefunden. Sich in ihrem Alter wie eine Zwanzigjährige zu benehmen, war erfrischend, aber sie machte sich auch ein bisschen lächerlich.

»Glücklicherweise bringt einen Lächerlichkeit nicht um«, sagte sie sich, als sie sah, wie vier Polizisten sie ungeschickt hochhoben und zum Kastenwagen trugen. Ihr Rock war über die Schenkel gerutscht und Millionen Fernsehzuschauer konnten ihre nackten Beine sehen. Sie erinnerte an eine verrenkte Gliederpuppe.

Entsetzlich!, dachte sie, schaltete den Fernseher aus und verzichtete auf das Ende der Reportage. Sie betete nur, dass ihre Tochter, die Enkel und sämtliche Bekannten zu beschäftigt waren, um mitten am Tag Nachrichten zu sehen. Aber sie musste schnell einsehen, dass dies nur ein frommer Wunsch gewesen war, denn drei Minuten nach dem Ende der Nachrichten begann das Telefon zu klingeln. Freunde aus Quimper, aus Lorient, aber auch aus Plouerbec bestürmten sie mit Fragen, beglückwünschten sie, verwirrten sie. Am Ende beschloss Marthe, nicht mehr ans Telefon zu gehen. Sie nahm ihr Fahrrad und flüchtete. Es kam nicht infrage, sich in Plouerbec zu zeigen, und wäre es nur, um einzukaufen. Also fuhr sie auf dem Küstenweg in die andere Richtung, trat heftig in die Pedale und dachte über alles

Mögliche nach. In der Ferne sah sie Scharnbeck, der auf seinem Boot beschäftigt war, das in einer kleinen Bucht ankerte. Sie winkte ihm zu, ohne zu wissen, ob er sie gesehen hatte. Dann ließ sie das nächste Dorf und das übernächste hinter sich.

Das Meer begann heftig zu wogen, als bereitete es sich auf eine Demonstration seiner Macht vor. Es grollte und rauschte. Die Wellen wurden immer höher. Der Himmel zog sich zu, und an den Stränden wurden die roten Fahnen gehisst. Der Ozean schien sich von den eingeölten Körpern in Badekleidung befreien zu wollen, die ihn wie ein Haustier behandelten, obwohl er wild und ungebändigt war.

Die Äste der Kiefern und Eichen beugten sich unter den heftigen Böen. Marthes Fahrrad wurde hin und her geschüttelt, und sie drohte zu stürzen. Sie stieg ab und suchte einen geschützten Fleck. Dann zog sie ihre Windjacke an und setzte sich hin. Obwohl sie wusste, dass es unvernünftig war, wollte sie nicht nach Hause. Vielmehr hatte sie Lust, das Schauspiel der entfesselten Natur zu erleben.

Sie hatte immer schon die extreme Witterung geliebt, die den Menschen Demut lehrt. Schnee, der die Straßen unpassierbar macht, Glatteis, das sie in Rutschbahnen verwandelt, beißende Kälte, sengende Hitze, peitschenden Wind. Augenblicke, in denen die Menschen wieder zu einfachen, mittelgroßen Säugetieren werden, die Zuflucht und Trost suchen.

Etwas Vergleichbares hatte Marthe empfunden, als sie ihre Kinder zur Welt brachte. Der Moment, da es den eigenen Körper in einem unbeschreiblichen Schmerz zu zerreißen droht, der zugleich größtes Glück verheißt. Während ihrer Entbindungen war sie sich selbst fremd gewesen, den Wellen unterworfen, die grausam und erbarmungslos wieder und wieder durch ihren Körper gingen, ohne Rücksicht und ohne Atempause, bis die Erlösung kam. Sich selbst fremd und doch an ihre eigene Wahrheit rührend. Die Energie, die von ihrem Körper ausging, die nicht wirklich von ihr selbst kam, sondern von der Natur, die sie so oft vergessen wollte, diese Energie drückte sie nieder und trug sie in eine andere Form des Daseins. Eine erschreckende Hellsichtigkeit war über sie gekommen. Sie hatte Tränen des Schmerzes geweint, Tränen des Menschen, der in eben dem Moment, da er Leben schenkt, plötzlich seinen Tod erfährt.

Die ersten Tropfen schlugen auf den Boden. Dann, mit unglaublicher Geschwindigkeit, war plötzlich alles Regen. Fauna und Flora wurden in eine Bewegung, eine Entladung hineingezogen. Selbst der Ozean schien Regen zu sein.

Marthe kauerte sich in dieser Sintflut zusammen. Mit vorgestrecktem Kopf ließ sie das Wasser auf ihre Kapuze trommeln. Der Boden verwandelte sich in Schlamm. Aus dem Meer spritzte Schaum auf.

Hatte Scharnbeck Zeit gehabt, sein Boot zu sichern und wohlbehalten an Land zu kommen? Sie hoffte es. Dabei wusste sie, dass er zu derselben Verrücktheit wie sie imstande war. Draußen zu bleiben, zuzusehen, wie die Kulisse zum Hauptdarsteller wurde, und sich auf den Wellen tanzen spüren.

# 40

Nass wie ein Seehund auf dem Packeis kam Marthe am späten Nachmittag nach Hause. Sie ließ sich ein warmes Bad einlaufen und kochte sich Kräutertee. Das war das einzige Mittel, eine drohende Erkältung zu verhindern. Durch das Fenster ihres Badezimmers im Obergeschoss betrachtete sie das hohe neue Gebäude aus Stahl und Beton, das in dem grauen Licht noch düsterer aussah. Die Krankabel knallten im Wind und pfiffen eine seltsame Melodie, und der Arm schwankte wie ein betrunkener Matrose.

Der Wachhund verfolgte einen verschreckten Hasen und bellte aufgeregt. Die aufgewühlte Erde auf der Baustelle war schwarz. Nur ein paar Pfützen spiegelten die Fetzen weißer Wolken. Die dunkle Fläche erschien Marthe unendlich groß. Erst am Horizont erkannte man die Umrisse des kleinen Wäldchens aus Eichen und Buchen.

Unten klingelte das Telefon. Sie kümmerte sich nicht darum, ließ sich in ihr Bad gleiten und blieb im Halbdunkel dieses dem Sommer gestohlenen Tages still im warmen Wasser liegen.

Am Abend gegen 18 Uhr klingelte Hans bei Marthe und hielt ihr stolz einen Bund Petersilie und ein Säckchen Kartoffeln unter die Nase. »Meine erste Ernte.«

»Wunderbar«, lobte sie und nahm ihm beides ab.

Sie war verlegen, denn bevor sie zur Tür lief, hatte sie nicht die Zeit gehabt, ihr Buch in einer Schublade zu verstecken, wie sie es sonst tat.

Hans erblickte den Fremdenführer sofort, als er über die Küchenschwelle trat, aber er sagte nichts. Während Marthe den Tisch von ein paar herumliegenden Gegenständen befreite, nahm sie das Buch und schob es unauffällig unter die Zeitung, auf deren erster Seite ein Foto von Sabine Bihannic zu sehen war.

»Steht Ihnen gut«, sagte Hans und zeigt auf Marthes Kopf.

»Ach, das.« Marthe fuhr sich mit der Hand kurz durch die Haare. Nach all den aufregenden Ereignissen der letzten Zeit hatte sie ihre neue Frisur, die sie immerhin schon vierzehn Tage trug, völlig vergessen. Scharnbeck schien sie bisher nicht bemerkt zu haben.

»Ja, ein bisschen Abwechslung kann nicht schaden.«

»Das haben Sie richtig gemacht.«

»Danke.«

Marthe füllte Wasser in ein Glas und stellte das Petersiliensträußchen hinein. »Das ist nett von Ihnen. Ich hatte keine mehr.«

»Mein bescheidener Beitrag zur Verpflegung«, sagte er lächelnd.

Sie nahm eine Flasche Quincy aus dem Eisschrank. »Und das ist meiner.«

»Im Augenblick ziehe ich Ihren vor«, gestand er fröhlich und öffnete die Flasche. «Jetzt wird bald etwas passieren. Ich bin sicher, dass die Dinge in Bewegung geraten. Wir haben ihnen eine ganz schöne Schlacht geliefert und sie in die Enge getrieben.«

»Indem wir uns auf die Medien gestützt haben, wie ich vorgeschlagen hatte.«

»Genau. Jetzt müssen sie handeln.«

Marthe nickte. »Darauf stoßen wir an.«

Als sie die Gläser wieder hinstellten, fragte Marthe: »Sagen Sie mir nur eins, Monsieur Scharnbeck: Waren Sie das mit der Sabotage?«

»Jeder kämpft mit seinen Mitteln.« Scharnbeck stand auf und griff nach dem Aschenbecher auf dem Büffet.

»Das beantwortet meine Frage nicht.«

»O doch, ich glaube schon.« Er zündete eine Zigarette an.

»Warum ist es für Sie so wichtig, dass wir den Kampf gewinnen?«

»Ich habe nicht gesagt, dass es *so* wichtig ist. Aber wenn man sich auf etwas einlässt, muss man es bis zum Ende durchziehen, sonst braucht man gar nicht erst anzufangen. Beim Black Jack im Kasino ist es genau dasselbe. Verstehen Sie?«

Marthe runzelte leicht die Stirn. Sie hatte noch nie in ihrem Leben den Fuß in ein Kasino gesetzt, und der Vergleich erschien ihr gewagt. »Aber für Sie steht doch nicht dasselbe auf dem Spiel wie für die anderen.«

»Nein, nicht dasselbe, aber etwas anderes. Jeder hat im Leben ein paar Rendezvous, die er unter keinen Umständen verpassen darf. Ist es nicht so?«

## 41

Die Neuigkeit traf am Vormittag ein. Gwendoline ging von Haus zu Haus, um sie zu verkünden. Sie kam majestätisch daher, genau wie eine Information von dieser Tragweite es verlangte. Nach der Ausstrahlung der Fernsehbilder von ihrem Widerstand hatte die Gegenseite ein Angebot unterbreitet. Wenn der Verein die Aktionen und die Klage auf Annullierung der Baugenehmigung fallen ließe, würde jeder Haushalt neben dem Kaufpreis für sein Eigentum eine

Schadenersatzzahlung in Höhe von siebzigtausend Euro erhalten.

Das war viel Geld für die Anwohner der Allée des Pommiers. Beim abendlichen Treffen waren sich dennoch alle einig. Sie würden sich nicht kaufen lassen. Sie mussten weiterkämpfen.

Ende August hatte das Skelett des Bauwerks eine Höhe von fünfunddreißig Metern erreicht. Jeden Tag wuchs der Schatten, den es auf Hans' Garten warf, ein weiteres Stück. Bald würde er die Hütte erreichen. Die Erdarbeiten waren abgeschlossen, und an den Rändern des künftigen Parks machten sich die Gärtner ans Werk. Die Transparente an den Fenstern in der Allée des Pommiers waren etwas verblasst.

Da greifbare Ergebnisse ausblieben und sie mit den Nerven am Ende waren, beschlossen die Lamberts, Urlaub zu nehmen, und flogen nach Martinique.

Virginie, die aus Geldmangel nie in die Ferien fuhr, hatte sich angewöhnt, Morgenstern zu besuchen, ehe sie den Wartungssitzungen der alten Motorräder beiwohnte. Sie brachte dem Pferd immer einen Apfel oder eine Möhre mit. Inzwischen wartete die Stute am frühen Abend schon am Gartenzaun auf sie.

»Können Sie reiten?«, fragte Hans.

»Ich, o nein, ich hatte nie Gelegenheit dazu«, antwortete Virginie mit einem verlegenen Lachen.

Hans nickte. »Sie könnten es lernen.«

»Bestimmt, aber …«

Scharnbeck hatte sich schon umgedreht. Gleich darauf kam er mit Morgensterns Sattel zurück. »Wir versuchen es mal.«

»Ich kann es nicht!«, sagte Virginie erschrocken und streichelte den Hals des Pferdes.

»Das haben Sie schon gesagt.« Hans legte den Sattel auf und zog die Riemen fest. Dann hielt er ihr den linken Steigbügel hin. »Schieben Sie die Fußspitze rein.«

Nach zwei vergeblichen Versuchen gelang es ihr, sich hochzuhieven. Das Pferd wieherte.

»Ganz ruhig, meine Schöne«, beruhigte Hans die Stute und tätschelte ihr die Flanke. »Jetzt nehmen Sie die Zügel, aber halten Sie sich nicht daran fest. Sie halten sie straff, ohne dem Pferd wehzutun, verstehen Sie? Das ist sehr wichtig, egal, was passiert. Die Fußspitzen in die Steigbügel und die Fersen immer gesenkt. Setzen Sie sich aufrecht, etwas nach vorn gebeugt. Sie halten sich mit den Beinen fest, klar? Mit den Beinen. Das ist alles. Los geht's.«

Er führte Morgenstern eine Runde über das Grundstück. Virginie schwankte zwischen Angst und Begeisterung. Ihre ganze Kindheit über hatte sie davon geträumt, Reitunterricht zu nehmen. Doch sie war sehr skeptisch, ob sie sich überhaupt würde im Sattel halten können. Das Pferd kam ihr sehr hoch und breit vor.

Als Virginie nach einer halben Stunde abstieg, streichelte sie lange Morgensterns Nasenrücken, um ihr zu danken. Sie hatte das Gefühl, als sehe die Stute sie mit sanftem Blick an. Dann machte Virginie sich eifrig daran, die Hufe zu reinigen und das Tier zu striegeln, wie Hans es ihr zeigte.

»Kommen Sie morgen wieder«, schlug Hans zum Abschied vor.

# 42

Hans fuhr aufs Meer. Am Vortag hatte er Morgenstern Virginie anvertraut, die diesen Auftrag wie eine Ehre entgegennahm und sich alles dreimal erklären ließ. In aller Frühe lud er sein Fischfanggerät ins Boot, dazu Wein und Lebensmittel für drei Tage, und lichtete die Anker. Die frische Luft füllte seine Lungen, und er fuhr dem Horizont entgegen, der ihn wie eine gefährliche Verheißung anzog. Er hatte auf die Wettervorhersage geachtet. Es würde angenehm werden. Drei Tage Einsamkeit, Vogelgeschrei und Dösen. Drei Tage für niemanden erreichbar sein. Auf dem Meer verstummten sogar seine Dämonen, nur selten fanden die Alpträume hier den Weg zu ihm. Vergangenheit und Zukunft schienen sich aufzulösen. Wenn er einen Tag lang auf den Köder gestarrt hatte, war er ganz ruhig. Nichts war mehr wichtig.

Er ankerte drei Meilen von der Küste entfernt vor Pont l'Abbé. Er war schon oft hiergewesen, weil die Fische gut bissen, auch wenn es nicht die günstigste Jahreszeit war. Sein Fang würde ihn gut ernähren. Sonst blieben ihm noch Nudeln.

Er holte seine Ruten und Rollen hervor und wählte sorgfältig die Haken aus, bevor er sie am Ende der Schnur befestigte. Dann warf er die Angel zum ersten Mal aus. Der Köder landete genau dort, wo er hingezielt hatte. Das spielte auf dem Meer zwar keine Rolle, aber es freute Hans doch, um der Schönheit der Geste willen. Eine Möwe beschwerte sich über die Störung. Hans machte es sich auf seinem Sitz bequem, bot das Gesicht der Sonne und dem Salz in der Luft dar. Jetzt musste er nur noch warten.

# 43

In einer Nacht war Marthes Black Baccara völlig verwüstet. Drei Zweige waren vom Wind abgerissen worden und hingen jetzt leblos herab. Von ihrem Küchenfenster aus sah Marthe die Blütenblätter auf dem durchweichten Rasen liegen. Unglücklich starrte sie auf ihre zerstörte Lieblingsrose.

Und schon kündigte ein weiterer sintflutartiger Regenguss das Ende des Sommers an. Das Wasser floss dicht und grau, ohne Rücksicht auf Seeleute, Urlauber oder Pflanzen. Es grub tiefe Furchen in die Erde, verwandelte die Gassen von Plouerbec in Bäche und drang in die Keller ein.

Die letzten Urlauber schleppten ihre triefenden Regenjacken von Café zu Café. Familienväter überschlugen insgeheim, wie viel Geld für die Ferien hinweggespült wurde. Zwei Übernachtungen, die Restaurants, Bücher für die Kinder, fünfhundert Euro für schlechtes Wetter, fünfhundert Euro, die im Herbst fehlen würden. Fünfhundert Euro, Dutzende Überstunden, um in zugigen, von Kindergeschrei erfüllten Lokalen schlechten Kaffee zu trinken.

Man wurde melancholisch. Die erzwungene Untätigkeit verleitete dazu, Bilanz zu ziehen. Man war nicht mehr so sicher, ob man die Bretagne liebte, ob man seine Lebensgefährtin liebte, ob man die richtige Wahl getroffen hatte. Die Paare lächelten sich zerstreut an, jeder dachte an etwas anderes und wollte nicht derjenige sein, der den Tag verdarb. Die Mütter redeten mit gekünstelter Munterkeit auf ihre jammernden Kinder ein.

»Ein bisschen Regen hat noch niemandem geschadet.«

»Es gibt kein schlechtes Wetter, es gibt nur die falsche Kleidung.«

Die Kinder sahen sie missmutig an. Dreißig Jahre später würden die Mädchen dieselben Dummheiten erzählen, in demselben gespielt fröhlichen Ton, den sie einst bei ihren Müttern gehasst hatten. Und dieselben überdrüssigen Blicke würden ihnen antworten.

Die Anwohner der Allées des Pommiers empfingen die Sintflut allerdings fröhlichen Herzens, bedeutete sie doch die vorübergehende Unterbrechung der Arbeiten und des lästigen Lärms. Hinter ihren Fenstern betrachteten sie, wie die Natur schroff, mürrisch, aber mächtig zu Werke ging. Höhere Gewalt. Gewalt schlechthin, die zur Demut aufforderte, ob man wollte oder nicht.

## 44

Madame Lambert, die gebräunt und erholt aus dem Urlaub zurückgekehrt war, machte sich in Marthes Küche breit. Sie redete ebenso unermüdlich, wie andere arbeiteten. Von der Schönheit der Inseln. Von Kokospalmen vor türkisblauem Meer. Von Cocktails und der Süße der Abende. In ihrem Leben hatte sie eine solche Süße noch nicht erlebt. Tief, bezaubernd.

»Eine Süße …« Sie suchte nach Worten.

Unendlich süß, vollendete Marthe in Gedanken und tat, als höre sie aufmerksam zu. Ihre Gedanken waren beim Regen. Sie hatte festgestellt, dass ihr Dach an mehreren Stellen undicht war und Schüsseln auf dem Dachboden platziert. An der Decke des frisch tapezierten Gästezimmers hatte sie zu ihrem Schrecken einen unschönen Wasserfleck bemerkt, der von Tag zu Tag größer wurde. Jetzt warf sie einen Blick auf die Uhr. Um sechs musste sie hochgehen und die Schüsseln leeren, sonst würde alles überschwemmt werden.

»Das ist eine andere Lebensqualität …« Gwendoline seufzte.

Als sie bei der Beschreibung der Sonnenuntergänge angelangt war, kam Hans Scharnbeck in triefendem Ölzeug herein. Madame Lambert konnte ihre Unzufriedenheit darüber, in ihren erzählten Träumereien gestört zu werden, nur schlecht verbergen. Ihr Misstrauen gegenüber dem Besitzer des Brachlands, wie sie ihn manchmal spöttisch nannte, hatte sich trotz der gemeinsamen Aktionen gehalten.

Was mochte der Deutsche wohl von der Frau des Doktors wollen, mit der sie eine besonders enge Beziehung verband? Er würde es doch wohl nicht wagen, ihr, Gwendoline, ins Gehege zu kommen?

Marthe bat ihn, sich zu setzen.

»Ich wusste gar nicht, dass heute eine Versammlung stattfinden soll«, sagte Gwendoline und gab somit zu verstehen, dass dies in ihren Augen die einzige Erklärung für den unverhofften Besuch des Nachbarn war.

»Es gibt auch keine«, entgegnete Hans und ließ sich auf die Bank fallen.

Als Marthe einen Aschenbecher und Gläser auf den Tisch stellte, riss Gwendoline die Augen auf. Der Alte machte es sich hier gemütlich! Noch bevor er seine Zigaretten aus der Tasche holen oder sie fragen konnte, ob es sie störte, war sie aufgesprungen.

»Da Sie jetzt offenbar beschäftigt sind, komme ich ein andermal wieder«, fauchte sie. »Ich möchte Ihre Freundlichkeit nicht missbrauchen.« Sie durchbohrte Scharnbeck mit einem giftigen Blick, damit er verstand, dass sicher nicht sie es war, die hier etwas missbrauchte. Er rührte sich nicht.

»Auf Wiedersehen, liebe Freundin«, sagte sie zu Marthe, dann wandte sie sich an den Eindringling. »Herr Scharnbeck.« Die Anrede klang wie ein Kriegsschrei.

»Eigentlich *von* Scharnbeck«, korrigierte Hans sie sanft, ohne von der Weinflasche aufzusehen, die er gerade öffnete.

Gwendoline wurde puterrot. Sie sprach wahrlich nicht viel Deutsch, aber einen Adelstitel konnte sie doch erkennen. Diese Auszeichnung, die ihr für immer verwehrt bleiben würde, war ihr Traum – dass Hans sie trug, war ein Alptraum. Alles Gold der Welt, verdient mit dem Verkauf von Innereien, würde ihr niemals so viel Befriedigung verschaffen, wie eine aristokratische Geburt es getan hätte. Während dieses Individuum, das aus dem Nichts aufgetaucht war, dieser Habenichts, den Glanz mit größter Selbstverständlichkeit für sich beanspruchte.

»Sie haben sie verletzt«, tadelte Marthe ihn sanft, nachdem sie die Nachbarin hinausbegleitet hatte.

Hans lachte. »Das war ein Schlag unter die Gürtellinie, ich gebe es zu. Aber sie hat es provoziert. Leute, die ihr Geld wie ein Banner vor sich her tragen, gehen mir auf die Nerven.«

»Jeder trägt vor sich her, was er kann«, sagte Marthe trocken.

»Sie zum Beispiel Ihre Tugend«, versetzte Hans sogleich und zündete seine Zigarette an.

Marthe runzelte die Stirn. Auf diese wenig schmeichelhafte Weise hatte sie es noch nie gesehen. Sie schwiegen, leicht schmollend.

»Manchmal bin ich ziemlich hart. Oder einfach ungeduldig«, bot Hans schließlich zur Versöhnung an.

»Ich wusste gar nicht, dass Sie adliger Herkunft sind«, antwortete Marthe, um ebenfalls guten Willen zu bekunden.

»Das ist doch völlig unwichtig. Eigentlich hat mir dieses *von* nur einmal im Leben etwas gebracht – während der Flucht, als ich mit Tausenden anderen unterwegs war. Die Adligen öffneten ihre Türen leichter für jemanden, den sie als ihresgleichen ansahen. Es war wie ein Erkennungszeichen. Ziemlich dumm, aber so etwas wie der kleinste gemeinsame Nenner. Die Straßen waren schwarz vor Menschen. Abends versuchten wir alle, einen Unterschlupf zu finden, um der Kälte zu entgehen. Wir klopften an jede Tür. Für die Anwohner war es schlichtweg unmöglich, alle hereinzulassen. Also legten sie Kriterien fest. Einige bevorzugten Frauen mit Kindern, andere Jungen, die bei der Hausarbeit helfen konnten, wieder andere Adlige.«

Er hatte sein erstes Glas geleert, während Marthe ihres noch nicht einmal angerührt hatte.

»Als ich bis Berlin und dann weiter in den Westen gekommen war, hat es mir gar nichts mehr genutzt. Da waren wir alle nur noch Flüchtlinge, die nicht wussten, wohin, und die keinen Heller in der Tasche hatten.«

Er brach ab und zündete sich eine weitere Zigarette an. Sein Tonfall änderte sich. »Ich weiß gar nicht, warum ich Ihnen das erzähle.«

Die Uhr zeigte kurz nach sechs. Sie gingen zusammen auf den Boden und leerten die Schüsseln.

# 45

Zwei Tage später kehrte die Sonne zurück und mit ihr die Arbeiter. Sabine Bihannic brach am Vormittag plötzlich in Tränen aus, als sie sah, wie der Kran einen Stahlträger hochhob. Das Gleiche passierte ihr, als sie nach der Schule mit Anna Verstecken spielte. Anna fragte sich erstaunt, ob ihre Mutter weinte, weil sie sie nicht finden konnte. Sie umarmte sie und wählte anschließend Verstecke, die auch eine Vierjährige leicht hätte finden können. Als Sabine drei Tage später einen Salat mit Tomaten aus dem Garten zubereitete, ging es erneut los. Lautes Schluchzen, das sie nicht zurückhalten konnte, stieg ihr die Kehle hoch. Monsieur Bihannic runzelte die Stirn, goss ihr ein Glas Rotwein ein, in der Hoffnung, dass es sie beruhigen würde, und drängte sie, zum Arzt zu gehen. Sie zögerte noch ein paar Tage, aber da sie sich immer erschöpfter und niedergeschlagener fühlte, gab sie schließlich nach.

Der Arzt, ein junger, liebenswürdiger und gewissenhafter Mann, hörte ihr anteilnehmend zu und diagnostizierte eine durch Stress verursachte schwere Überanstrengung und den Beginn einer Depression.

Beim Aperitif gestand Sabine Bihannic ihrem Mann dieses Urteil. Er unterbrach das Kauen seiner Wurstscheibe und überlegte ein paar Sekunden. »Also gut, wir ziehen weg«, beschloss er.

»Warte. Du bist zu schnell. Vielleicht gibt es noch eine andere Lösung«, widersprach Sabine erschrocken. »Wir können den Verein nicht im Stich lassen. Die anderen wären wütend, und das zu Recht.«

»Deine Gesundheit ist wichtiger«, antwortete er in einem

Ton, der keinen Widerspruch duldete. Er schob sich eine neue Scheibe in den Mund. »Sei's drum. Wenn man gehen muss, muss man gehen. Unsere Tochter braucht eine Mutter, die im Vollbesitz ihrer Kräfte ist. Wir finden bestimmt etwas anderes.«

Zur selben Stunde teilte Virginie Louis Goyat mit, dass sie ihre Beziehung beenden würde. Er sah von der Zündkerze auf, die er gerade reinigte, und starrte sie verdutzt an. Diese Entwicklung wäre ihm nie in den Sinn gekommen. Die Fassungslosigkeit machte ihn stumm.

»Es ist besser, wenn du jemanden findest, der deine Leidenschaft teilt«, erklärte Virginie tapfer. »Ich hätte mir gewünscht, dass es mit uns klappt. Dass wir glücklich werden. Aber ich kann nicht mehr. Ich gebe auf.«

Louis nickte. Er suchte verzweifelt nach einem Gegenargument.

»Du hast noch nicht mal angefangen, eine eigene Wohnung zu suchen, damit du endlich von deinen Eltern wegziehen kannst«, fuhr Virginie fort.

»Ich habe nicht genug Geld.«

»Ich weiß. Aber ich werde mein Leben nicht auf einem Klappstuhl damit verbringen, dir Abend für Abend zuzusehen, wie du in einem Motor herumwühlst. Es tut mir leid.«

Sie wandte sich ab und ging eilig davon. Sie wollte nicht, dass Louis ihre Erschütterung sah. Sie hatte getan, was zu tun war. Es gab keinen anderen Ausweg.

»Es gibt im Leben Situationen, in denen es keine gute Lösung gibt«, hatte Marthe am Vorabend philosophiert, als Virginie sie besuchte. »Aber es gibt Lösungen, die weniger schlecht sind als andere.«

Die Trennung war solch eine gewesen. Sie hatte den Geschmack von altem Brot, flüssigem Brei oder dünnem Kaffee nach schlafloser Nacht.

## 46

*Am 30. März 1945 fiel auch Danzig. Für Ostpreußen gab es keine Rettung mehr. Die zunächst wohlgeordneten Trecks der Eingeschlossenen wurden von deutschen und sowjetischen Militärkolonnen von den Straßen gedrängt, von Artillerie und Tieffliegern beschossen, überrollt und niedergemacht. Die Menschen irrten bei Eis- und Schneestürmen umher, verloren die Pferde, setzten die Flucht zu Fuß fort.*

Die Vögel tschilpten im noch verschwommenen Morgengrauen. Nebelbänke, die der Ozean schickte, überschwemmten den Garten. Ein paar kurze Aufhellungen ließen die Umrisse der Pflanzen und Bäume erahnen. Es war die Zeit, da die Gedanken zwischen dem Nachhall der Nacht und der Aufregung des Tages hin und her wanderten. Der Körper war noch nicht vollständig erwacht.

Hans Scharnbeck stand mit einer dampfenden Kaffeeschale in der offenen Tür. Er sah Morgenstern zu, die auf der mit Tau bedeckten Wiese graste. Ab und zu wurde sie vom Nebel verschluckt. Ein Möwenpärchen stritt um einen Fischschwanz und weckte den Raben, der auf der großen Tanne wohnte und empört krächzte. Auch als Vogel kann man sich seine Nachbarn nicht aussuchen, dachte Hans und trank einen Schluck Kaffee. Es war zwecklos, das Wetter erraten zu wollen, es würde sich erst am späten Vormittag offenbaren. Erst um elf Uhr kennt man die wahre Farbe eines Tages, hatte ihn sein Vater gelehrt. Früh um acht ist die Sonne noch heimtückisch, sie kann sich von einem Moment zum anderen verziehen, und ein Nieselregen kann in schlechtes Wetter oder einen strahlenden Tag umschlagen.

Jacquelines Rosenstrauch, den Hans neben seiner Hütte eingepflanzt hatte, glänzte unter den Tropfen, die die rosafarbenen Blütenblätter bedeckten. Er hatte sich gut an den Boden und das Klima der Bretagne gewöhnt. Sie hätte sich gefreut, ihn so üppig zu sehen. Die drei Rosen auf der anderen Seite der Tür, die Hans erst kürzlich gepflanzt hatte, suchten bereits mit dem Glanz des alten Strauchs zu wetteifern. Damen in Satinkleidern, bereit für das Licht der großen Lüster im Ballsaal.

Langsam zeichneten sich die Umrisse der Dinge deutlicher ab. Neben dem Zaun erwachten die Sonnenblumen, erholten sich langsam von der Nachtstarre. Die Amseln, die in der Nähe nisteten, ernährten sich von ihnen. Die Kerne, die sie bei ihrem eifrigen Picken fallen ließen, würden im nächsten Jahr zu neuer Blüte führen.

Das Licht färbte sich orange, als Hans seinen Beobachtungsposten verließ und die leere Schale in die Spüle stellte. Bald würde der Kran die ersten Lasten des Tages hochziehen, und auch Hans würde sich wieder an die Arbeit machen.

## 47

*Ein erschütterndes Dokument über die Zeit der Belagerung und Eroberung Königsbergs stammt aus der Feder eines Arztes, Hans Deichelmann: »Professor Unterberger war gerade bei einer schwierigen Zangengeburt, als die Russen hereinkamen. Sie nahmen ihm rücksichtslos die Instrumente weg, sodass er die Geburt nur mit großer Mühe zu Ende führen konnte. Gleich danach rissen sie die Frau vom Operationstisch herunter und missbrauchten sie in fürchterlicher Weise. Professor Unterberger zog sich hierauf auf sein Zimmer zurück und nahm sich das Leben.«*

Marthe stockte der Atem. Sie klappte das Buch zu und kämpfte mit den Tränen.

Als Louis Goyat seiner Mutter Virginies Entscheidung mitteilte, erklärte Madame Goyat, das sei nicht schlimm, er solle sich keine Sorgen machen, er werde zehn andere finden. Ein Mädchen, das ihren Sohn verschmähe, sei nichts wert. Ohnehin habe sie die Kleine nie leiden können, jetzt könne sie es zugeben. Das sei keine Frau für ihn. Brauche er denn überhaupt schon eine Frau? Er habe doch sie, und er sei noch jung. Er habe das Leben vor sich. Louis wandte ein, er sei zweiunddreißig, eine Bemerkung, die seine Mutter mit einer Handbewegung beiseitewischte. Fast noch ein Kind. Louis ließ ergeben die mütterliche Litanei über sich ergehen, ohne dass sie ihm den geringsten Trost, die geringste Erleichterung verschaffte. Im Gegenteil, die Worte seiner Mutter – ausnahmsweise wurde sie geschwätzig – verstärkten sein Unbehagen. Als sein Vater die Neuigkeit erfuhr, stimmte er seiner Frau voll und ganz zu. Eine Frau, die die Nase in Bücher stecke und den ganzen Tag vor sich hin träume, die sich weder für Technik noch für die Küche interessiere, sei seiner nicht wert. Sie verdiene zwar ihren Lebensunterhalt, was anständig sei, aber einen Mann glücklich zu machen …

Die elterliche Unterstützung minderte Louis' Traurigkeit nicht im Geringsten.

Drei Abende hintereinander ging er mit seinem Freund Jeannot in die Bar und trank, bis er sich nicht mehr auf den Beinen halten konnte. Er schwankte den Bürgersteig entlang, stieß unverständliche Worte aus und gestikulierte ins Leere. An den folgenden Tagen brachte er bei der Arbeit nicht das Geringste zustande. Die Kopfschmerzen quälten ihn bis zum Aperitif, dann war er wieder fit für einen weiteren Versuch, seinen Kummer zu ertränken.

Am nächsten Sonntag ließ er trotz der Vorhaltungen seines Vaters die Motorräder stehen und besuchte Morgenstern, in der Hoffnung, zufällig Virginie zu begegnen, die ihre Reitstunden fortsetzte und oft bei dem Pferd zu finden war.

Er aber traf nur auf Hans, der nach einem Ausritt über den Strand gerade die Hufe der Stute auskratzte.

Hans brauchte keine Fragen zu stellen, um zu erraten, weshalb der junge Mann so blass war.

»Ich verstehe Ihr Problem nicht. Gehen Sie doch einfach fort von zu Hause«, sagte Hans, ohne die Augen von seiner Arbeit abzuwenden.

»Das ganze Leben meines Vaters steckt in seinen Motorrädern. Ich kann ihn nicht im Stich lassen. Ich habe ihm geholfen, seit ich acht war. Meine erste Maschine habe ich mir gekauft, noch bevor ich einen Führerschein hatte. Wir sind ein Team. Wir haben mehrere Preise für die Restaurierung von alten Maschinen gewonnen. Das kann nicht jeder. Die Motorräder sind sehr wertvoll. Jedes einzelne ist mit einigen tausend Euro versichert.« Ein gewisser Stolz war aus Louis' Stimme zu vernehmen. Er schien für ein paar Minuten seinen Kummer vergessen zu haben. »Man muss sie auf Hochglanz bringen und ständig pflegen, sonst vergammeln sie. Das kostet sehr viel Zeit. Es ist anstrengend, aber es lohnt sich. Verstehen Sie?«

»Ich verstehe nur, dass Sie ein Dummkopf sind«, entgegnete Hans.

So ein Flegel, dachte Louis und wandte sich ab. Hat die Empfindsamkeit einer Panzerdivision, dieser alte Teutone. Er seufzte und ging wieder nach Hause.

Hans richtete sich auf und sah ihm nach.

## 48

Die Magnolie hatte schon lange ihre Blüten verloren und sah mit den restlichen Blättern an ihren Ästen etwas gerupft aus. Die Amseln hatten die Kirschen ganz oben am Baum gefressen, die Marthe nicht hatte ernten können. Aus den anderen war Konfitüre geworden. Die ersten Kastanienblätter färbten sich braun, und die Nächte wurden kühler.

Am Donnerstagmorgen brachte der Briefträger einen Brief von Aurélien und die Veranlagung für die Grundsteuer. Marthe öffnete sofort den ersten Brief und fand darin ein Foto ihres Sohnes, der den Arm um die Schultern einer jungen Malierin mit langen, geflochtenen Zöpfen gelegt hatte. Auf die Rückseite hatte Aurélien ein paar liebevolle Zeilen geschrieben.

»Liebe Mam, das ist Amina. Ich bin sicher, du wirst sie gern haben. Wenn ich das nächste Mal nach Plouerbec komme, bringe ich sie mit. Zärtliche Grüße, Aurélien.«

Marthe sah das Foto lange an. Die junge Frau wirkte sanft und sonnig. Marthe freute sich für Aurélien, verspürte jedoch gleichzeitig einen leichten Stich im Herzen. Insgeheim hatte sie gehofft, dass sein Aufenthalt in Mali nicht von Dauer sein und er irgendwann nach Frankreich zurückkehren würde. Jetzt fürchtete sie, dass er für immer fortblieb. Aber was zählt, ist das Glück der Kinder, sagte sie sich und stellte das Foto gut sichtbar auf das Buffet im Wohnzimmer.

Marthe öffnete den zweiten Brief. Man verlangte 656 Euro von ihr.

Sie schrieb in großen Buchstaben »unzulässig« und steckte den Bescheid wieder in den Umschlag, um ihn an den Absender zurückzuschicken.

Dann ging sie nach oben, nahm das ausgeblichene Transparent vom Fenster ab, das der Wind schon halb zerfetzt hatte, und ersetzte es durch ein neues, auf dem man in roten Lettern lesen konnte:

»Der Staat tritt unsere Grundrechte mit Füßen. Der Kampf geht weiter!«

Ein zweites Transparent hängte sie vor ihr Schlafzimmerfenster.

»Plouerbec respektiert seine Bürger nicht. Nieder mit der Technokratie!«

Marthe trat vor die Tür, um ihr Werk zu begutachten, und nickte zufrieden.

# 49

Die Bihannics feierten ihren Abschied mit Tränen und Wein. Kleine Lämpchen schmückten den Garten, und Frank Sinatra sang »My way«. Die Nachbarn brachten Abschiedsgeschenke und tröstende Worte. Am nächsten Tag versperrte ein Umzugswagen die Allée des Pommiers und lud die Möbel ein. Das Meer ließ seine Brandung donnern.

Hans ging mit den Füßen durchs Wasser. Der Schaum bespritzte seine Knöchel und den Rand der hochgekrempelten Hosen. Er achtete nicht darauf. Er dachte nach. Schon immer konnte er beim Laufen am besten nachdenken. So hatte er alle wichtigen Entscheidungen getroffen. Im Laufen.

Die Tage waren in eine eigenartige Melancholie gehüllt. Ein neues Ritual, das Marthe viel Energie kostete und sie davon abhielt, ihre Lektüre fortzusetzen, hatte sich plötzlich etabliert. Sobald die Aperitifstunde näher rückte, kam Virginie, um sich auszuweinen.

Sie konnte an nichts anderes mehr denken als an ihren Liebeskummer. Alles erschien ihr sinnlos, ihre Arbeit, der Verein, das Leben schlechthin. Marthe hörte ihr geduldig zu, während sie unablässig Pullover strickte. Sie maß dieser Aktivität große Bedeutung bei und zwang sich, jeden Tag, komme, was wolle, ihr Werk fortzuführen. Solange sie strickte, rebellierte sie. Auch hatte sie festgestellt, dass das stete Auf und Ab der Nadeln eine beruhigende Wirkung auf sie ausübte und ihr beim Nachdenken half.

»Du hast es richtig gemacht«, beruhigte Marthe Virginie zum hundertsten Mal, während sie im Kopf die Maschen zählte.

»Dafür kann ich mir nichts kaufen.«

»Umso besser. Dann sparst du Geld«, sagte Marthe lächelnd.

Virginie schniefte nur und starrte traurig auf das Foto von Aurélien und Amina. Dies veranlasste Marthe, das Foto vom Büffet zu nehmen und es im Schreibtisch zu verstecken.

Ab und zu steckte Hans den Kopf herein, zog sich jedoch schnell wieder zurück, weil er sich wie ein Störenfried fühlte. Louis Goyat tauchte nie auf.

Eines Abends, die Sonne war gerade untergegangen, klopfte Gwendoline Lambert an die Tür. Marthe bat sie herein. Da sie keine Argumente gegen Virginies Kummer mehr wusste und es auch allmählich leid war, immer über dasselbe Thema zu sprechen, hoffte sie, dass Gwendolines Anwesenheit die junge Frau vielleicht auf andere Gedanken bringen würde.

Als Gwendoline Virginies blasses Gesicht sah, wandte sie alle Freundlichkeit auf, zu der sie imstande war, und erzählte von ihren eigenen Enttäuschungen.

»Aber dann ist Ludovic gekommen, und ich habe ihn geheiratet. Sie haben einfach noch nicht den Richtigen getroffen. Sie sind doch noch jung.«

Ein zögerliches Kopfnicken war die einzige Antwort.

Also änderte Gwendoline ihre Strategie. Sie erzählte Anekdoten aus ihrer Jugend. Marthe war überrascht. Die Nachbarin hatte noch nie über die Fleischerei ihres Vaters gesprochen.

»Mein Vater hat die Schweine selbst geschlachtet. Jedes Mal musste die ganze Familie bei der Herstellung der Würste mithelfen. Am meisten fürchtete ich die Pâtés. Wissen Sie, warum?«

»Nein.«

»Weil wir acht Kilo Schalotten schälen mussten. Acht Kilo Schalotten, können Sie sich das vorstellen? Meine Mutter, meine Tante, meine Cousine und ich weinten einen ganzen Tag lang.« Sie warf den Kopf zurück und lachte laut. »Seitdem habe ich nie mehr ein Gericht gekocht, in das Schalotten gehören.«

Jetzt musste sogar Virginie lächeln.

In diesem Moment klingelte es erneut, und Ludovic kam mit einer Flasche Saint Estèphe in der Hand herein.

Marthe bedankte sich. Etwas unbeholfen schob sich Ludovic auf die Bank, sprang aber gleich wieder auf und fragte, ob er die Flasche öffnen und den Wein dekantieren solle. Marthe gab ihm eine Karaffe, und er goss das edle Getränk feierlich hinein.

Alle sahen zu, wie der rubinrote Wein am Kristall hinunterrann.

»Man muss ihn für einen Moment atmen lassen«, sagte er.

Die Frauen stimmten wortlos zu. Marthe holte Gläser und Oliven.

»Wir wollen etwas mit Ihnen besprechen, Madame Simonet«, setzte Gwendoline schließlich an.

Marthe hob den Kopf.

»Das kann doch warten«, wandte Ludovic eilig ein. »Wir stoßen erst einmal an, ja?«

Alle lächelten, doch sie fühlten sich plötzlich unbehaglich.

Sie suchten nach einem harmlosen Gesprächsthema, aber die Worte verloren sich wie Spuren im Sand. Marthe nähte den linken Ärmel an ihren letzten Pullover.

»Sie erinnern sich doch, dass ich Ihnen von unserer Reise erzählt habe«, begann kurz darauf Gwendoline erneut.

»Die Süße Martiniques«, sagte Marthe und betrachtete ihr gerade beendetes Werk.

»Genau. Das war so ein schönes Leben! Alle Alltagssorgen verloren plötzlich ihre Bedrohung.«

»Sie hatten auf Martinique gar keine Alltagssorgen, weil Sie im Urlaub waren«, kommentierte Marthe nüchtern. Sie legte den Pullover sorgfältig zusammen.

»Ja – das heißt, nein.« Gwendoline sah ihren Mann hilfesuchend an. »Man spürte es. Das war einfach so.«

»›Ich glaube fast, das Elend wär leichter zu tragen in der Sonne‹ oder so ähnlich. Wie heißt es bei Aznavour?«, fragte Marthe.

Virginie begann zu trällern: »*Emmenez-moi au bout de la terre, emmenez-moi au pays des merveilles ...*«

Gwendoline unterbrach sie. »Ja, ja, ich weiß. Aber das ist jetzt unwichtig. Was ich sagen wollte, ist, dass wir nachgedacht haben –«

»Genau: ›Ich glaube fast, das Elend wär leichter zu tragen in der Sonne.‹ Du hast recht«, fuhr Virginie unbeeindruckt fort.

Der Blick, den Gwendoline Ludovic zuwarf, drückte inzwischen regelrechte Verzweiflung aus. Er trank einen Schluck Wein und räusperte sich. »Madame Simonet, ich weiß, dass es Ihnen wehtun wird, aber Sie müssen uns verstehen. Nach reiflicher Überlegung bin ich zu dem Schluss gelangt, dass wir gegen *Résiplus* niemals gewinnen werden. Wir vergeuden unsere Zeit und unsere Energie.«

Marthe sah ihn verblüfft an.

»Ich ... Ich habe um meine Versetzung gebeten«, stammelte Ludovic. »Das klappt sicher nicht sofort. Aber wir müssen jetzt verkaufen. Das ist die einzige Möglichkeit.«

Marthe brauchte ein paar Sekunden, ehe sie begriff, was das bedeutete.

Nachdem Virginie und die Lamberts gegangen waren, stattete Marthe zum ersten Mal Scharnbeck einen Besuch ab. Wenn er überrascht war, sie zu sehen, ließ er es sich nicht anmerken. Er bat sie herein und zeigte auf den einzigen Sessel in dem kleinen Raum. Er selbst setzte sich auf einen Klappstuhl, nachdem er Wein in angeschlagene Gläser gegossen hatte. Marthe erzählte ihm von der Entscheidung der Lamberts.

»Ich musste deshalb einfach mit jemandem sprechen«, endete sie, als wollte sie sich für ihr plötzliches Erscheinen entschuldigen.

»Das ist ärgerlich«, stimmte Scharnbeck zu.

»Wundert es Sie denn gar nicht? Die Lamberts haben doch mit der allergrößten Überzeugung gekämpft!«

»Geld ist ein zugkräftiger Motor.«

»Gwendoline hat genug Geld.«

»Ludovic aber nicht. Und das ändert alles.«

## 50

In der folgenden Nacht ging die Garage der Familie Goyat in Flammen auf.

Niemand hatte etwas gesehen oder gehört. Die Eltern verbrachten das Wochenende bei der Schwester von Monsieur Goyat und Louis war auf Dienstreise. Falls Morgenstern Alarm gegeben hatte, so hörte es niemand. Hans von Scharnbeck erklärte der Polizei, er habe einen tiefen Schlaf.

Da die Polizei keine Spuren fand, legte sie den Fall zu den Akten. Von den alten Motorrädern blieb nichts übrig, kein einziges Ersatzteil, kein Schraubenzieher.

Der alte Goyat war untröstlich. Niemand, nicht einmal seine Frau hatte ihn je weinen sehen, aber vor dem verkohlten Haufen, der einst seine wertvolle Sammlung gewesen war, vergoss er Sturzbäche von Tränen.

»Mit dem Geld der Versicherung können Sie sich andere, noch schönere Motorräder kaufen«, versuchte Marthe ihn zu trösten.

Goyat sah sie an, als sei sie verrückt geworden. »Sie begreifen überhaupt nichts! Es wird nie mehr dasselbe sein. Mein ganzes Leben steckt da drin. Mein ganzes Leben!«

»Das Leben steckt nicht in Gegenständen«, korrigierte Marthe ihn. »Sehen Sie es von einer anderen Seite. Ihnen hätte etwas zustoßen können, Ihnen oder Ihrer Familie. Glücklicherweise sind Sie gesund und munter. Auch das Haus ist unbeschädigt.«

»Ich hätte lieber mein Haus verbrennen sehen«, sagte Goyat seufzend. »Und außerdem – wenn das Leben nicht in Gegenständen steckt, verstehe ich nicht, warum Sie sich so abrackern, Ihr Haus zu verteidigen.«

Verdutzt sah Marthe ihn an. Sie hatte keine Antwort parat. Das Argument von Armand Goyat war nicht so einfach von der Hand zu weisen. Darüber musste sie zu Hause erst einmal in aller Ruhe nachdenken.

Louis Goyat sagte keinen Ton. Er hob ein paar Eisenteile auf, die nicht ganz und gar geschmolzen waren, und legte sie wieder hin, wie bei einer letzten Bestandsaufnahme.

Madame Goyat war fassungslos. Ab und zu warf sie einen verstohlenen Blick auf ihren Mann, als überwache sie eine Bombe mit Zeitzünder. Was sollte aus ihrem Leben werden mit einem Mann, der mürrisch im Haus herumschlurfte, anstatt glücklich vor seiner Garage zu basteln? Womöglich mischte sich aber auch ein Hoffnungsschimmer in ihre Befürchtungen. Vielleicht hatte sie doch schon einmal davon geträumt, dass es die Sammlung ihres Mannes und ihres Sohnes einfach nicht mehr geben würde. Niemand würde es je wissen.

# 51

»Sie sehen müde aus«, sagte Marthe, als sie Hans die Tür öffnete. Seit ihrem Gespräch mit Armand Goyat war ihre Laune nicht gerade hervorragend.

»Ich schlafe schlecht.«

Sie zog die Brauen hoch und ging dann in die Küche. Hans stapfte ihr nach.

»Ich dachte, Sie hätten der Polizei gesagt, Sie schlafen wie ein Bär.«

»Wenn ich erst mal eingeschlafen bin. Bleierner Schlaf. Bleierner Schlaf, habe ich gesagt.«

»Hmm.« Marthe setzte sich an den Küchentisch, wo eine halb geschnittete Zucchini auf einem Brettchen lag, ohne ihm etwas zu trinken anzubieten.

»Sagen wir, ich schlafe unterschiedlich gut«, sagte Hans schmunzelnd. Er zog eine Flasche Saint-Julien hervor, die er unter seiner Jacke verborgen hatte. »Ich dachte, wir wechseln mal den Wein.«

Schwungvoll öffnete er das Buffet, nahm zwei Gläser

und den Korkenzieher heraus und entkorkte die Flasche. »Kosten Sie mal!«

Marthe sah ihm in die Augen. Er hielt ihrem Blick stand. Sie ließ ihr Glas stehen und schnitt weiter die Zucchini in Scheiben.

»Die Goyats sind untröstlich.«

Hans ließ sich nicht aus der Ruhe bringen und nahm einen Schluck Wein, den er lange im Mund behielt, bevor er antwortete.

»Der Alte ja. Die anderen beiden nicht. Nach den Gesetzen der Demokratie sind die Goyats zu trösten. Der Brand hat ihre Zukunft freigeräumt.«

Marthe lachte erstaunt auf. »So kann man es auch sehen.«

»So *sollte* man es sehen, Marthe, glauben Sie mir.«

Marthe begann zu verstehen, warum das Pferd ihres Nachbarn in der Nacht des Feuers nicht gewiehert hatte. Um ihre Verwirrung zu verdecken, nippte sie am Wein.

»Er schmeckt gut«, gab sie zu.

»O ja.« Hans nahm noch einen großen Schluck.

»Wie war Ihre Frau?«, fragte Marthe plötzlich.

»Eine hübsche Brünette. Am Ende kahl«, fügte er nach ein paar Sekunden hinzu.

Marthe sah ihn entsetzt an.

»Glauben Sie, sie wäre weniger kahl gewesen, wenn ich es nicht sagen würde?«, fragte er.

»Sie sind ein sehr seltsamer Mensch, Hans von Scharnbeck.«

# 52

Die Kirchenglocke schlug in der Nacht elfmal, als Hans sein Gartentor öffnete. Das Gebäude im Freizeitpark erhob sich wie ein bizarr geformter Wachturm.

»Ich hab es dir jesagt, Hänschen. De Jeister verberjen sich unter janz merkwürdijen Jestalten.«

»Es waren nicht die Geister.«

»Tetete.« So hatte Helga immer seine Argumente abgewehrt. Und mit heftigem Kopfschütteln.

Nun war Helga selbst zum Geist geworden. Der Beweis war, dass sie sich unablässig in seine Gedanken stahl. Seine Mutter hingegen nur selten. Sie bedeutete nach all den Jahren immer noch Schmerz. Ein nächtlicher Schrei. Sein Vater stand auf der Schwelle des Vergessens. Aber die alte Helga kam und ging, wie es ihr beliebte. Sie war der Wind, der vom Meer kam. Wenn sie noch ein Bewusstsein hätte, wäre sie stolz, ein Windhauch zu sein, dachte Hans.

»Erinnerste dich an die Nehrung? Schilfdächer, rote Backsteinkirchen. Die Tage in den Dünen?«

»Nein, ich erinnere mich an gar nichts. Erinnern interessiert mich nicht.«

»Tetete. Und die Holzhütte? Warum dann die Holzhütte?«

»Sie war schon aus Holz, bevor ich gekommen bin.«

»Nachts hörte man die Wölfe heulen.«

»*Du* hast die Wölfe gehört. Niemand sonst hat sie je gehört, weil es keine mehr gab.«

»Tetete.«

»Du gehst mir auf die Nerven, Helga. Eigentlich bist du mir immer auf die Nerven gegangen.«

Eine Böe riss an seinem Mantel und an den Zweigen der Sträucher. Ein Murmeln erhob sich daraus, wie in einem Lokal, wenn eine Dame in ausgefallenen Kleidern eintritt.

Morgenstern wieherte, als Hans näher kam. Hans ging in den Stall und streichelte sie lange. »Wir müssen uns vielleicht trennen«, flüsterte er ihr ins Ohr.

In der Dunkelheit des Stalls waren ihre Augen nicht zu sehen.

## 53

Marthe sammelte die Nüsse auf, die in der Nacht vom Baum gefallen waren. Sie zog gern am Morgen ihre Gummistiefel an und ging über den feuchten Rasen, um Nüsse zu suchen. Man musste es sehr früh tun, sonst faulten sie. Ihre Füße stießen gegen die kleinen runden Hindernisse, manche waren noch durch die Hülle geschützt. Marthe hatte Handschuhe angezogen, weil sie wusste, dass der Saft die Finger schwärzte und Wasser diese kräftige Naturfarbe nur schwer löste. Eine Dame lief nicht mit Händen herum, die womöglich nicht ganz sauber waren.

Allerdings, wenn es so weiterging, war bald niemand mehr da, der ihre schmutzigen Hände überhaupt zur Kenntnis nehmen konnte. Die Goyats standen kurz vor dem Auszug. Georges Maréchal hatte sich ebenfalls entschlossen, fortzuziehen. Und das Haus der Lamberts stand bereits leer. Wer sollte noch ihre Hände ansehen? »Das ist nicht die Frage«, hätte Jeanne geantwortet. »Du selbst siehst es, das genügt. Was man ist, ist man für sich selbst und nicht für die anderen.« Also hatte Marthe ihre Handschuhe angezogen. Mit dem Korb in der Hand beugte sie sich weit nach unten, um die kleinen hellbraunen Kugeln zu entdecken, die sich im Gras versteckten. Das muss komisch aussehen, dachte sie plötzlich. Wenn mich jemand beobachten würde, fände er mich bestimmt albern. Diese Vorstellung erinnerte sie an die Geschichte, die ihr Hans Scharnbeck vor ein paar Wochen erzählt hatte. Marthe versuchte, die Sohlen beim Gehen flach aufzusetzen, ohne dass der Absatz zuerst den Boden berührte, um die Sohlen nicht abzunutzen. Sie probierte es eine Weile lang, dann lachte sie. Jetzt fange ich schon an, mit mir selbst zu lachen. Ich bin eine verrückte Alte. Mir bleibt nur noch, das Grab meines armen Paul zu pflegen. Tulpen im Frühling, Rosen im Sommer, Astern im Herbst und Weihnachtssterne im Winter. »Selbstmitleid ist ebenso abscheulich wie vom Nusssaft geschwärzte Hände, mein Schatz«, schien ihr die Großmutter in diesem Moment zuzuraunen. Marthe machte eine schroffe Bewegung, als wolle sie eine störende Fliege verjagen.

Am Nachmittag klarte es auf. Claire kam unangemeldet mit den Kindern vorbei, die im herbstlichen Garten Fangen spielten. Ihr Geschrei und ihr Lachen übertönten die düsteren Gedanken und das Dröhnen der Maschinen.

»Ich habe dich berührt!«

»Nie im Leben.«

»Doch!«

»Du schummelst. Maman, Alexis schummelt!«

»So ein Quatsch. Das sagt sie nur, weil sie mich nicht kriegt.«

»Lügner!«

»Hey, hört auf damit. Streitet euch nicht immer!«, schrie Claire durch das Küchenfenster.

»Hola!«

»Es gibt kein Hola!«

»Guck mal, Oma, das sieht aus wie ein Zwerg. Er hat eine Zipfelmütze. Sie setzen ihm eine Zipfelmütze auf.«

»Wie bitte?«

»Das große Ding da, es sieht aus wie ein gigantischer Gartenzwerg.«

Marthe und Claire kamen in den Garten.

Die seltsame Form der Metallkonstruktion war Marthe zwar aufgefallen, aber man hatte nicht erkennen können, was es werden würde. Das Ganze glich einem dickbäuchigen, modernen Turm mit Aufzügen, kleinen Balkons und Fenstern.

Der Kran war nun tatsächlich dabei, etwas Kegelförmiges auf das Gebäudedach herabzulassen. Es geschah sehr langsam, Zentimeter für Zentimeter.

Manon hatte recht. Mit einem Mal konnte man die Konstruktion deutlich erkennen, auch wenn sie noch nicht bekleidet war. Die Füße und Waden waren hinter einer Reihe Tannen versteckt, aber man konnte eindeutig zwei getrennte Strukturen ausmachen, hinter denen pummelige Schenkel zu erahnen waren. Daraufgesetzt war ein dicker Bauch mit Armen, die am Körper herabhingen, und ein Bart, der den Brustteil bedeckte. Und auf dem Kopf landete in diesem Moment die Zipfelmütze.

Die beiden Frauen waren sprachlos.

»Du wirst im Schatten eines Gartenzwergs leben«, stellte Alexis trocken fest.

»Ich glaube, die Deutschen haben die Gartenzwerge erfunden«, sagte Claire schließlich zur Ablenkung. »Wusstest du das?«

Das Gesicht ihre Mutter war sehr blass. »Ich weiß nicht, was das ändert«, antwortete sie leise.

Die ganze Freude, die sie bei der Ankunft ihrer Familie verspürt hatte, war verflogen.

# 54

Am nächsten Tag ging sie zu Pauls Grab und sprach lange mit ihm. Mit einer Harke entfernte sie die herabgefallenen Blätter. Während sie das kleine Beet umgrub, erzählte sie ihm in Gedanken, wie müde sie sei. Sie steckte Zwiebeln in die Erde, damit im nächsten Frühling Narzissen, Schneeglöckchen und Hyazinthen blühen würden. Sie hatte auch einen kleinen Rosenstrauch mit karminroten Blüten gekauft, der noch vor dem Winter anwachsen würde. Sie kniete auf einem kleinen Holzbrett und führte ihre Arbeiten mit größter Sorgfalt aus. Nein, sie würde nicht weinen. Niemals hatte sie in der Öffentlichkeit geweint, nicht einmal auf dem Friedhof. Sie bot sich nicht den neugierigen Blicken der anderen dar. Sie würde niemandem die Befriedigung verschaffen, sagen zu können: »Ich habe die Frau vom Doktor zusammenbrechen sehen.«

Es fehlte noch, dass ein Gartenzwerg, so groß er auch sein mochte, über ihre innere Kraft siegte.

Marthe schloss sich für drei Tage in ihrem Haus ein. Drei Tage, in denen sie niemanden sah. Drei Tage Betäubung. Sie ging nicht mehr raus, um Nüsse aufzusammeln oder Porree zu ernten. Sie machte keine Einkäufe. Ihr Strickzeug blieb unberührt. Sie rief Virginie an, um ihr zu sagen, dass sie nicht helfen kommen konnte, und sagte auch alle anderen

Aktivitäten ab. Sogar die Kinder mussten an diesem Mittwochnachmittag ohne sie zurechtkommen. Marthe ging nicht einmal ans Telefon. Ein oder zwei Mal klingelte es an der Tür, aber sie stellte sich tot. Dabei wusste sie in Wahrheit nicht einmal, was ihr fehlte. Sie fehlte sich selbst. Das Haus sah sie ungerührt an, als würde es sie nicht kennen. Die Kreuzworträtsel waren leere Felder ohne Sinn und Spannung, Musik nur noch lästig.

## 55

Am späten Nachmittag des dritten Tags kletterte Hans von Scharnbeck durch das Küchenfenster. Marthe wäre vor Schreck beinahe in Ohnmacht gefallen.

»Ach, Sie sind es«, sagte sie dann. »Was fällt Ihnen ein?«

»Ich tue meine Pflicht als Nachbar. Glauben Sie, diese Kletterei macht mir Spaß?«, antwortete Hans und sprang auf den Boden.

»Es geht mir gut.«

»Umso besser.« Er schob ein paar Sachen zur Seite und stellte einen großen, mit einem Handtuch bedeckten Korb mitten auf den Tisch.

»Ich habe keine Lust zu reden, Monsieur von Scharnbeck.«

»Sie schulden mir nach dieser Mühe aber eine Stärkung. Ich hätte mir fast das Bein gebrochen.«

Er ließ sich schwer auf einen Stuhl fallen.

Widerwillig brachte Marthe ihm ein Glas Cognac, stellte die Flasche auf den Tisch und blieb abwartend stehen.

»Auf Ihr Wohl«, sagte Hans und leerte das Glas in einem Zug.

»Haben Sie ihn gesehen?«, fragte Marthe schließlich.

»Wen denn?«, fragte er und schenkte sich noch einmal nach.

»Den Zwerg.«

Hans nickte. »Ja, sehr dekorativ.« Er nahm einen weiteren Schluck.

»Ich hoffe, Sie machen Witze?«

»Ich habe Hunger«, verkündete Hans statt einer Antwort.

»Ich habe nichts zu essen da«, erwiderte Marthe abweisend.

»Das macht nichts. Ich habe alles mitgebracht.«

Er holte eine Lammkeule, Zwiebeln, Knoblauch, grüne Bohnen und Brot aus seinem Korb. Dann begann er, seelenruhig die Bohnen zu schnippeln.

»Louis Goyat und Ihre Virginie werden wohl zusammenziehen. Ich habe ihnen Morgenstern geschenkt, unter der Bedingung, dass sie Amandine von Zeit zu Zeit zum Reiten abholen.«

Marthe warf ihm einen erstaunten Blick zu, antwortete aber nicht gleich. »Das wird Ihnen sicher auf Dauer leidtun.« Sie holte ein Messer, setzte sich ihm gegenüber und schälte die Zwiebeln.

»Sie ist eine schöne Stute«, gab er zu.

Nach dem Essen zündete sich Hans genüsslich eine Zigarette an. Marthes Teller stand fast unberührt da.

»Es ist Zeit aufzubrechen«, sagte er.

Sie runzelte die Stirn. »Wohin?«

»Ach, das werden wir schon sehen. Sie haben mir doch erzählt, dass Sie noch nie auf einem Boot übernachtet haben.«

Marthe Simonet traute ihren Ohren nicht.

# 56

Im Morgengrauen hupte Hans vor ihrer Tür, dann hob er ihre beiden Koffer in den Kofferraum. Marthe ging ein letztes Mal den Inhalt ihrer Handtasche durch. Portemonnaie, Kreditkarte, Adressbuch, Taschentücher, die Fotos von Claire, Manon und Alexis, das von Aurélien mit seiner Freundin und ganz unten ein kleiner orangeroter Lippenstift.

Die Protesttransparente schlugen im Wind, als sie auf die Küstenstraße bogen.

Ich bin im Begriff, mit einem Vagabunden mit Adelsprädikat durchzubrennen, der vom anderen Ende Europas kommt. Den ich kaum kenne und der wahrscheinlich die Garage meiner Nachbarn in Brand gesteckt hat, sagte sie sich, als sie zu Hans ins Auto stieg.

Aber es war zu spät zur Umkehr. Und manche Fragen stellte man sowieso nicht.

Der riesige Gartenzwerg war der Einzige, der ihre Abreise mit ansah. Die Wolken rasten in wildem Tempo dahin. Am Horizont stieg langsam die Sonne empor und färbte die Wellen rot. Im Hafen wartete das Boot auf sie.

Die Zitate über Ostpreußen sind folgenden Werken entnommen:

Ralph Giordano, *Ostpreußen ade. Reise durch ein melancholisches Land,* Verlag Kiepenheuer & Witsch GmbH & Co., Köln 1994, 2004 und 2007

Andreas Kossert, *Ostpreußen. Geschichte und Mythos,* Wolf Jobst Siedler Verlag, in der Verlagsgruppe Random House GmbH, München 2005

Mein besonderer Dank gilt:

Sieglinde von der Goltz, die mir ihre Erinnerungen an Ostpreußen und die Flucht erzählt hat

Philippe Vauvillé für seine stete liebevolle Unterstützung

Meiner Mutter, die vor meiner Geburt nie Wäsche zum Trocknen zwischen Weihnachten und Neujahr aufgehängt hat. Nach meiner Geburt hat sich das als zu unpraktisch erwiesen.